D'APRÈS L'ŒUVRE DE JANE AUSTEN

ORGUEIL & PRÉJUGÉS

SETH GRAHAME-SMITH / TONY LEE & CLIFF RICHARDS

ET ZOMBIES

D'APRÈS L'ŒUVRE DE JANE AUSTEN SETH GRAHAME-SMITH / TONY LEE & CLIFF RICHARDS

ORGUEIL & PRÉJUGÉS ET ZOMBIES

ADAPTÉ DU ROMAN DE SETH GRAHAME-SMITH

DESSIN CLIFF RICHARDS

SCÉNARIO TONY LEE

TRADUIT DE L'ANGLAIS PAR JULIEN NENAULT

LETTRAGE MURIEL LEFEBVRE

casterman

C'EST UNE VÉRITÉ UNIVERSELLEMENT RECONNUE QU'UN ZOMBIE QUI POSSÈDE DES CERVEAUX ÉPROUVE INÉVITABLEMENT LE BESOIN D'EN POSSÉDER DAVANTAGE.
CETTE IDÉE N'A DU RESTE JAMAIS ÉTÉ MIEUX ILLUSTRÉE QUE PENDANT LA RÉCENTE ATTAQUE DE NETHERFIELD PARK...
... LORS DE LAQUELLE UNE JEUNE FILLE DE DIX-HUIT ANS A ÉTÉ MASSACRÉE ET DÉVORÉE PAR UNE HORDE DE MORTS VIVANTS.
AVEZ-VOUS ENTENDU, CHER MR BENNET, QUE NETHERFIELD PARK ÉTAIT À NOUVEAU OCCUPÉ ?
ET VOULEZ-VOUS SAVOIR PAR QUI ?
FEMME, JE M'OCCUPE DE MON MOUSQUET.
CAQUETEZ DONC, PUISQU'IL LE FAUT, MAIS NE M'EMPÊCHEZ PAS DE DÉFENDRE MON DOMAINE.

EH BIEN, À CE QUE DIT MR LONG, LA PROPRIÉTÉ SERAIT AUX MAINS D'UN JEUNE HOMME FORTUNÉ
QUI AURAIT FUI LONDRES EN CHAISE DE POSTE AU MOMENT MÊME OÙ L'ÉTRANGE ÉPIDÉMIE ÉCLATAIT SUR LA LIGNE DE MANCHESTER.
IL S'APPELLE BINGLEY ET AURAIT QUATRE OU CINQ MILLE LIVRES DE RENTE ! QUELLE CHANCE POUR NOS FILLES !
ET POURQUOI CELA ? SAURAIT-IL DONC LEUR APPRENDRE À MANIER L'ÉPÉE ET LE MOUSQUET ?
QUE VOUS ÊTES DONC AGAÇANT ! VOUS IMAGINEZ BIEN QUE JE VOIS EN LUI UN BON PARTI POUR L'UNE D'ELLES.
UN MARIAGE ? PAR LES TEMPS QUI COURENT ?
CE BINGLEY AURA BIEN D'AUTRES IDÉES EN TÊTE !
CLICK
JE ME MOQUE DE SES INTENTIONS !
IL EST FORT PROBABLE QU'IL S'ÉPRENDRA DE L'UNE D'ELLES. AUSSI DEVRIEZ-VOUS LUI RENDRE VISITE DÈS SON ARRIVÉE.
JE N'EN VOIS PAS L'UTILITÉ.
ET PUIS, NOUS NE DEVRIONS PAS ENCOMBRER LES ROUTES PLUS QUE DE RAISON, NOUS RISQUERIONS DE PERDRE ENCORE DES CHEVAUX ET DES VOITURES
DANS CETTE MALENCONTREUSE FOLIE QUI S'ABAT SUR NOTRE BIEN-AIMÉ HERTFORDSHIRE.

MAIS PENSEZ UN PEU À NOS FILLES !
J'Y PENSE, FEMME SANS JUGEOTE. ET JE PRÉFÉRERAIS BIEN PLUTÔT LES VOIR CONCENTRÉES SUR LES ARTS DU COMBAT...
... QU'EN TRAIN DE RÊVASSER DE MARIAGE ET DE FORTUNE.
ALLEZ VOIR CE BINGLEY SI VOUS Y TENEZ, VOUS DEVEZ SAVOIR NÉANMOINS QUE NOS FILLES N'ONT RIEN DE RECOMMANDABLE.
ELLES SONT SOTTES ET IGNORANTES COMME LEUR MÈRE.
LIZZY A NÉANMOINS UN PEU PLUS L'INSTINCT D'UNE TUEUSE QUE SES SŒURS.
COMMENT POUVEZ-VOUS PARLER AINSI DE VOS PROPRES ENFANTS ?
VOUS PRENEZ PLAISIR À ME TORTURER.
VOUS VOUS TROMPEZ, MA CHÈRE ! J'AI POUR VOS NERFS LE PLUS GRAND RESPECT.
CE SONT DE VIEUX AMIS : VOILÀ AU MOINS VINGT ANS QUE JE N'ENTENDS PARLER PRATIQUEMENT QUE D'EUX!
SOUVENEZ-VOUS, SI VOTRE DEVOIR EST DE MARIER NOS FILLES,
LE MIEN EST DE LES GARDER EN VIE.

PLUS TARD, LE MÊME JOUR...
J'ESPÈRE QUE MR BINGLEY LE TROUVERA À SON GOÛT.
NOUS N'EN SAURONS RIEN, LIZZY, PUISQUE NOUS N'IRONS PAS LE VOIR.
MAIS VOUS AVEZ OUBLIÉ MAMAN, NOUS DEVONS LE RENCONTRER AU PROCHAIN BAL !
NE TOUSSEZ DONC PAS AINSI, KITTY ! ON DIRAIT QUE VOUS VOUS ÊTES LAISSÉE CONTAMINER.
MAMAN ! QUELLE HORRIBLE CHOSE À DIRE, AVEC TANT DE ZOMBIES AUTOUR DE NOUS !
LE PROCHAIN BAL EST DEMAIN EN QUINZE, N'EST-CE PAS LIZZY ?
OUI, MAIS IL SERA IMPOSSIBLE D'ALLER À SA RENCONTRE PUISQUE NOUS N'AURONS PAS ÉTÉ PRÉSENTÉS !
OH, COMME J'AURAIS PRÉFÉRÉ NE JAMAIS ENTENDRE PARLER DE LUI !
SI J'AVAIS SU, JE NE SERAIS PAS ALLÉ LUI RENDRE VISITE !
NOUS NE POUVONS PLUS L'ESQUIVER DÉSORMAIS.
JE SAVAIS QUE VOUS AIMIEZ TROP NOS FILLES POUR NÉGLIGER UNE TELLE RELATION !
NE PRENEZ PAS MON INDULGENCE POUR UN RELÂCHEMENT DE DISCIPLINE.
LES FILLES CONTINUERONT À S'ENTRAÎNER, BINGLEY OU PAS.
MAINTENANT KITTY, VOUS POUVEZ TOUSSER TANT QUE VOUS VOUDREZ.
ELLES SERONT AUSSI BONNES TUEUSES QU'ELLES SONT RAVISSANTES !
QUEL EXCELLENT PÈRE VOUS AVEZ, MES ENFANTS ! DE TELLES JOIES SONT RARES MAINTENANT QUE L'ENFER A REFERMÉ SES PORTES SUR NOUS ET QUE LES MORTS RÔDENT DANS LE VOISINAGE.
LYDIA, BIEN QUE VOUS SOYEZ LA PLUS JEUNE, JE SUIS SÛRE QUE MR BINGLEY DANSERA AVEC VOUS AU PROCHAIN BAL.
J'AI TOUTE CONFIANCE, JE SUIS LA PLUS JEUNE.
MAIS JE SUIS AUSSI LA PLUS À MÊME DE TENTER UN HOMME.

LE BAL DE NETHERFIELD.
JE L'AI VU À TRAVERS LA FENÊTRE. MR BINGLEY PORTE UNE CARABINE !
QUELLE ARME EXOTIQUE CHEZ UN ANGLAIS !
EN EFFET, MA SŒUR. MAIS EN SORTANT IL L'A MANIÉE AVEC BEAUCOUP DE MALADRESSE.
JE SUIS CONVAINCUE QU'IL EST MAUVAIS MOUSQUETAIRE ET AUSSI INAPTE AUX AUTRES ARTS DU COMBAT.
SI JE POUVAIS VOIR UNE DE MES FILLES HEUREUSEMENT ÉTABLIE À NETHERFIELD ET TOUTES LES AUTRES AUSSI BIEN MARIÉES...
JE SERAIS COMBLÉE.
SI JE LES VOYAIS TOUTES CINQ SURVIVRE AUX DIFFICULTÉS QUE RENCONTRE AUJOURD'HUI L'ANGLETERRE, JE LE SERAIS TOUT AUTANT.
ON DIT QU'IL EST ALLÉ CHERCHER DES AMIS À LONDRES POUR LES AMENER AU BAL AVEC LUI.
DOUZE DAMES ET SEPT MESSIEURS À CE QU'IL PARAÎT !
J'AI ENTENDU DIRE QU'IL S'AGISSAIT PLUTÔT DE CINQ SŒURS ET D'UN COUSIN.
EH BIEN, NOUS VERRONS, PUISQU'IL EST LÀ.

MR CHARLES BINGLEY, SES SŒURS CAROLINE ET LOUISA, SON MARI MR HURST ET MR FITZWILLIAM DARCY.
LES FEMMES N'ONT PAS L'AIR BIEN ENTRAÎNÉES. MAIS MR BINGLEY FAIT BONNE CONTENANCE.
QUANT À MR DARCY, IL A FIÈRE ALLURE ET DE BEAUX TRAITS.
ON DIT QU'IL A ANÉANTI PLUS D'UN MILLIER D'INNOMMABLES À CAMBRIDGE.
MAIS IL PARAÎT QU'IL EST PRÉTENTIEUX, ARROGANT ET DÉSAGRÉABLE !
VENEZ DANSER DARCY ! JE NE SUPPORTE PAS DE VOUS VOIR VOUS PROMENER SEUL AINSI !
JE VOUS GARANTIS QUE JE N'AI JAMAIS RENCONTRÉ AUTANT DE JEUNES FILLES AIMABLES QUE CE SOIR !
JE N'EN FERAI RIEN. VOUS SAVEZ À QUEL POINT JE DÉTESTE CELA.
ET VOUS DANSEZ AVEC LA SEULE JOLIE FILLE ICI PRÉSENTE.

IL Y A UNE DE SES SŒURS ASSISE DERRIÈRE VOUS QUI EST TRÈS BELLE ET J'OSERAIS DIRE EXTRÊMEMENT CHARMANTE !
ELLE EST PASSABLE, MAIS PAS ASSEZ PLAISANTE POUR ME DÉCIDER À L'INVITER !
DU RESTE JE NE ME SENS PAS D'HUMEUR À M'OCCUPER DES DEMOISELLES QUI FONT TAPISSERIE.
ELIZABETH ! QUE FAITES-VOUS AVEC VOTRE POIGNARD ?
JE VAIS ÉGORGER MR DARCY.
AVEZ-VOUS ENTENDU CE QU'IL A DIT ? LE CODE DU GUERRIER EXIGE QUE JE VENGE MON HONNEUR.
CRASH
ATTENTION !
DES INNOMMABLES !
CRUNCH
LES FILLES !
LE PENTAGRAMME DE LA MORT !

GRURRGHHH
SLASH
WAM
PASSABLE !
JE VOUS EN DONNERAIS MOI DU PASSABLE !
JE NE CONNAIS QU'UNE SEULE FEMME DANS TOUTE L'ANGLETERRE...
... QUI MANIE LA DAGUE AVEC TANT DE GRÂCE, DE TECHNIQUE ET DE MORTELLE PRÉCISION.
PLAM

FIN DE SOIRÉE.
IL PRÉSENTE TOUTES LES QUALITÉS QU'ON ATTEND D'UN JEUNE HOMME RAISONNABLE, DE BONNE HUMEUR ET PLEIN D'ENTRAIN. ET IL A DE SI PLAISANTES MANIÈRES !
OUI JANE, MAIS DANS LE FEU DE LA BATAILLE, ON NE L'A PAS PLUS VU QUE MR DARCY L'ÉPÉE OU LE GOURDIN À LA MAIN.
EH BIEN, J'AI ÉTÉ TRÈS FLATTÉE QU'IL ME PROPOSE UNE SECONDE DANSE.
IL EST AGRÉABLE ET JE VOUS AUTORISE À LUI ACCORDER VOTRE SYMPATHIE, MALGRÉ SON MANQUE DE GALANTERIE.
VOUS NE VOYEZ JAMAIS LES DÉFAUTS DE PERSONNE ! JE NE VOUS AI JAMAIS ENTENDU CRITIQUER QUI QUE CE SOIT.
ET QUE DITES-VOUS DE SES SŒURS ? ELLES N'ONT PAS LES MÊMES MANIÈRES QUE LUI.
SOYEZ GENTILLE, LIZZY. ELLES SONT PEUT-ÊTRE ÉLEVÉES DANS L'UN DES MEILLEURS PENSIONNATS DE LA VILLE,
MAIS NOUS AVONS ÉTÉ ENTRAÎNÉES AUX ARTS DU COMBAT AUSSI BIEN EN ANGLETERRE QU'À L'OCCASION DE NOS VOYAGES EN ORIENT.
ET IL Y A DARCY. INTELLIGENT MAIS TOUT À LA FOIS HAUTAIN, DISTANT ET DÉDAIGNEUX.
BINGLEY EST APPRÉCIÉ DE TOUS, TANDIS QUE DARCY N'INSPIRE QUE DE SÉRIEUSES RÉSERVES.
J'AI POURTANT ENTENDU DIRE QU'ON LE CONSIDÉRAIT, IL Y A PEU DE TEMPS ENCORE, COMME UN JEUNE HOMME DE BONNE HUMEUR, ET DES PLUS ATTENTIFS.
UN MODÈLE D'AMABILITÉ ? JE ME DEMANDE QUELLE TRAHISON A PU LE CHANGER À CE POINT !
POURQUOI ÊTES-VOUS DEVENU SI FROID, MR DARCY ?

LA MAISON DE SIR WILLIAM LUCAS.
VOTRE SŒUR JANE DEVRAIT SE MONTRER MOINS SUR SES GARDES DEVANT MR BINGLEY !
ELLE DEVRAIT MONTRER PLUS D'AFFECTION QU'ELLE N'EN RESSENT. BINGLEY A UN FAIBLE ÉVIDENT POUR ELLE.
MAIS TOUT PEUT EN RESTER LÀ, SI ELLE NE L'ENCOURAGE PAS.
MAIS ELLE L'ENCOURAGE, AUTANT QUE SA NATURE LE LUI PERMET.
SOUVENEZ-VOUS CHARLOTTE, JANE EST UNE GUERRIÈRE AVANT D'ÊTRE UNE FEMME.
EH BIEN, JE LUI SOUHAITE BIEN DU SUCCÈS ET DE TOUT MON CŒUR.
SOUVENEZ-VOUS ELIZABETH, JE NE SUIS PAS UNE GUERRIÈRE COMME VOUS. JE SUIS SEULEMENT UNE JEUNE FILLE UN PEU SOTTE DE VINGT-SEPT ANS, ET PAS MARIÉE ENCORE !
AU PREMIER ABORD JE ME SUIS REFUSÉ À LA TROUVER JOLIE. JE L'AI REGARDÉE AU BAL AVEC INDIFFÉRENCE.
ET JE NE ME SUIS OCCUPÉ D'ELLE ENSUITE QUE POUR LA CRITIQUER.
MAIS SES GRANDS YEUX SOMBRES DONNENT À SA PHYSIONOMIE UNE EXPRESSION SINGULIÈREMENT INTELLIGENTE.
ELLE A UN TALENT INHABITUEL POUR L'ÉPÉE.
ET JE SUIS FORCÉ DE RECONNAÎTRE QUE SON VISAGE EST AUSSI DÉLICAT QU'AGRÉABLE, ET SES BRAS ÉTONAMMENT MUSCLÉS.
MMM... QUE DISIEZ-VOUS DARCY ?
RIEN DU TOUT, BINGLEY. JE SUIS D'HUMEUR À ME JOINDRE AUX DISCUSSIONS DE L'AUTRE CÔTÉ DU HALL.
LE COLONEL FORSTER EST EN TRAIN DE PARLER À L'UNE DES FILLES LUCAS.
N'ÊTES-VOUS PAS D'AVIS, MR DARCY, QUE JE M'EXPRIMAIS TOUT À L'HEURE AVEC BEAUCOUP D'ÉLOQUENCE.
LORSQUE JE TOURMENTAIS LE COLONEL FORSTER POUR QU'IL DONNE UN BAL À MERYTON ?
EN EFFET ! C'EST VRAI QUE LES JEUNES FILLES ADORENT LES BALS.

TOUT DÉPEND DE QUI LES DONNE, MR DARCY.
BIEN ! JE VAIS ME METTRE AU PIANO, ELIZA !
ET VOUS SAVEZ LA SUITE ! NOUS JOUERONS ET CHANTERONS DEVANT TOUT LE MONDE.
VOILÀ UN CHARMANT DIVERTISSEMENT POUR LES JEUNES GENS, MR DARCY !
CERTAINEMENT, SIR WILLIAM ! ET QUI A L'AVANTAGE D'ÊTRE TOUT AUSSI GOÛTÉ DANS LES SOCIÉTÉS LES MOINS CIVILISÉES.
TOUS LES SAUVAGES DANSENT. ET J'IMAGINE QUE LES ZOMBIES POURRAIENT EN FAIRE AUTANT AVEC UN SUCCÈS CERTAIN.
JE DEVINE LE SUJET DE VOS MÉDITATIONS. VOUS SONGEZ COMBIEN IL VOUS SERAIT DÉSAGRÉABLE DE PASSER DE NOMBREUSES SOIRÉES DANS LE GENRE DE CELLE-CI ? QUE CES GENS SONT VULGAIRES, BRUYANTS, SUPERFICIELS ET SUFFISANTS !
EN FAIT, JE MÉDITAIS SUR LE GRAND PLAISIR QUE PEUVENT DONNER DE BEAUX YEUX DANS LE VISAGE D'UNE JOLIE FEMME.
EN PARTICULIER CEUX D'ELIZABETH BENNET.
COMMENT ? LA PROTECTRICE DE LONGBOURN ? L'HÉROÏNE D'HERTFORDSHIRE ? JE N'EN REVIENS PAS !
ET, BIEN SÛR, VOUS FERIEZ TOMBER ENSEMBLE DE NOMBREUX INNOMMABLES EN UNISSANT VOS FORCES.

LA SEMAINE SUIVANTE.
LA MILICE EST ARRIVÉE HIER. LE RÉGIMENT CANTONNERA DANS LE VOISINAGE TOUT L'HIVER !
ILS LE PASSERONT À BRÛLER DES CERCUEILS.
EH BIEN J'AI ENTENDU DIRE QU'IL Y AVAIT DE NOUVEAU DU GRABUGE DU CÔTÉ DE L'ESSEX !
VOUS DEVEZ ÊTRE DEUX DES FILLES LES PLUS SOTTES DE LA RÉGION.
JE M'EN DOUTAIS DEPUIS QUELQUE TEMPS MAIS MAINTENANT J'EN SUIS CONVAINCU.
IL SE TROUVE AU CONTRAIRE QUE VOS FILLES SONT TOUTES FORT INTELLIGENTES.
VOUS AVEZ OUBLIÉ AVEC QUELLE RAPIDITÉ ELLES ONT MAÎTRISÉ LES TECHNIQUES ORIENTALES QUE VOUS AVEZ TANT SOUHAITÉ QU'ELLES APPRENNENT !
ÊTRE ASSEZ DOUÉES POUR TUER QUELQUES PAUVRES CONTAMINÉS NE SAURAIT POUR AUTANT FAIRE D'ELLES DES ÊTRES SENSÉS.
QUI PLUS EST QUAND ELLES N'UTILISENT LE PLUS SOUVENT LEURS TALENTS QUE POUR LE DIVERTISSEMENT DE QUELQUES BEAUX OFFICIERS.
MISS JANE ? J'AI UNE LETTRE POUR VOUS DE LA PART DE MISS BINGLEY.
Chère amie,
Si vous n'avez pas la charité de venir dîner aujourd'hui avec Louisa et moi, nous courrons le risque de nous brouiller pour le reste de nos jours, car un tête à tête de toute une journée entre deux femmes ne peut se terminer sans dispute. Venez aussitôt ce mot reçu, en espérant que la route ne soit pas menacée par les innommables. Mon frère et ses amis doivent dîner avec les officiers.
Bien à vous.
Caroline Bingley
VOUS FERIEZ MIEUX D'Y ALLER À CHEVAL PARCE QUE LE TEMPS EST À LA PLUIE, ET VOUS SAVEZ COMBIEN LES INNOMMABLES SURGISSENT FACILEMENT DU SOL MOUILLÉ.
ET PUIS, S'IL PLEUT, VOUS DEVREZ RESTER PEUT-ÊTRE LÀ-BAS TOUTE LA NUIT.

LA PLUIE !
CE N'EST VRAIMENT
PAS LE MOMENT !
CRUMP
GRURRGHHH
LES INNOMMABLES !
ET JE SUIS ENCORE
LOIN DE MA
DESTINATION.
FAUT-IL
FUIR OU SE
BATTRE ?
EH
BIEN,
BATTONS-
NOUS !
YAAHHH!!!

LE JOUR SUIVANT.
UNE LETTRE DE MISS JANE, MADEMOISELLE.
Ma chère Lizzy,
je me sens très souffrante ce matin, du fait, je suppose, d'avoir été confrontée à quelques innommables fraîchement surgis du sol le long de mon trajet pour Netherfield. Mes charmantes amies ne veulent pas entendre parler de mon retour à la maison avant que je ne sois mieux. Elles insistent pour que je voie Mr Jones. Aussi ne vous alarmez pas si vous entendiez dire qu'il est venu pour moi. Je n'ai rien de sérieux, simplement une coupure et quelques contusions.
Tout à vous etc.
EH BIEN MA CHÈRE, SI VOTRE FILLE DEVAIT MOURIR, OU PIRE, SUCCOMBER À CET ÉTRANGE FLÉAU...
... VOUS AURIEZ LA CONSOLATION DE PENSER QU'ELLE L'A CONTRACTÉE EN COURANT APRÈS MR BINGLEY POUR VOUS OBÉIR.
OH ! ON NE MEURT PAS DE BLEUS ET D'ÉGRATIGNURES.
ON S'EN OCCUPERA BIEN.
JE VAIS LA CHERCHER, MAIS COMME JE NE MONTE PAS À CHEVAL ET QUE JE N'AI PAS DE VOITURE SOUS LA MAIN : JE VAIS DEVOIR MARCHER.
À QUOI PENSEZ-VOUS ! AVEC TOUS CES INNOMMABLES EN CHEMIN, ET DANS CETTE BOUE !
SI TANT EST QUE VOUS ARRIVIEZ VIVANTE, VOUS NE SEREZ PAS PRÉSENTABLE !
VOUS OUBLIEZ QUE JE SUIS UNE ÉLÈVE DE PEI LIU DE SHAOLIN, MÈRE.
EN OUTRE, ON CROISE UN INNOMMABLE POUR TROIS SOLDATS. JE SERAI DE RETOUR AVANT LE DÎNER.
NOUS IRONS AVEC VOUS JUSQU'À MERYTON.
SI NOUS NOUS DÉPÊCHONS, PEUT-ÊTRE APERCEVRONS-NOUS LE CAPITAINE CARTER AVANT SON DÉPART.

JE DÉTESTE N'ÊTRE ARMÉE QUE DE POIGNARDS DE CHEVILLES !
ON EST BIEN MIEUX PROTÉGÉES AVEC DES MOUSQUETS ET DES KATANAS. CERTES,
MAIS ON LES JUGE MOINS FÉMININS.
ET SANS SELLE OÙ LES FIXER, NOUS DEVONS FAIRE PROFIL BAS.
BIEN, NOUS SOMMES PARVENUS À DESTINATION,
MA SŒUR. FAITES ATTENTION SUR LA ROUTE DE NETHERFIELD.
JE TRAVERSERAI LES CHAMPS, CATHERINE, J'IRAI BIEN PLUS VITE.
VOUS VOILÀ, JE ME DEMANDAIS QUAND VOUS FINIRIEZ PAR VOUS MONTRER.
SKREEEEEE!!!

SHUNK
CHO!
SPLUT
YAH!
SKREEE!!!
VOUS VOUS MÉPRENEZ...
THWACK

BURRGHH!!!
CLIQUETIS
CHO!
CRUNCH
THUMP
BURGHHH...
SHUNK
YI-YI-YI-YI-YI-YI-YI!!!

NETHERFIELD.
MISS ELIZABETH ! MARCHER TROIS MILLES AU MILIEU DES INNOMMABLES EST INSENSÉ !
ET SEULE QUI PLUS EST, ET PAR UN TEMPS SI DÉTESTABLE !
RIEN NE VAUT UN PEU D'EXERCICE, MRS HURST.
MAIS J'AIMERAIS M'ENQUÉRIR DE LA SANTÉ DE MA SŒUR, COMMENT VA-T-ELLE ?
ELLE VA BIEN ! ELLE ÉTAIT FIÉVREUSE LA NUIT DERNIÈRE, ET SON SOMMEIL FUT AGITÉ.
MAIS MR JONES, LE MÉDECIN, L'A EXAMINÉE ET A DÉCLARÉ QU'ELLE N'AVAIT RIEN DE PLUS QU'UN MÉCHANT RHUME DU FAIT DE SON COMBAT SOUS LA PLUIE.
REGARDEZ L'ÉCLAT QUE L'ENTRAÎNEMENT A DONNÉ À SON TEINT.
POURTANT JE DOUTE QUE L'OCCASION JUSTIFIÂT QU'ELLE VIENNE SEULE, UN POIGNARD POUR TOUT REMPART ENTRE ELLE ET LA MORT.
EXCELLENTE NOUVELLE. DANS CES CONDITIONS JE M'OCCUPERAI DE MA SŒUR PUIS REPARTIRAI À TROIS HEURES.
N'EN FAITES RIEN ! JANE A BESOIN DE SA FAMILLE POUR SE RÉTABLIR !
VOUS DEVEZ RESTER QUELQUES JOURS ! NOUS ENVERRONS CHERCHER DES VÊTEMENTS !
TRÈS BIEN, SI MA SŒUR LE DÉSIRE, VOUS SERIEZ BIEN AIMABLE D'ENVOYER UN DOMESTIQUE À LONGBOURN INFORMER MA FAMILLE.
ET RAPPORTER LE SUPPLÉMENT DE LINGE.
ET MON MOUSQUET FAVORI.

CE SOIR-LÀ.
SOUS PRÉTEXTE QUE SA SŒUR EST TOUJOURS TROP MAL EN POINT POUR QUITTER SON LIT, MISS ELIZABETH NE SE JOINDRA PAS À NOUS POUR DÎNER.
EH BIEN, SES MANIÈRES SONT FORT DÉPLAISANTES ! QUEL ORGUEIL ET QUELLE IMPERTINENCE ! ELLE EST DÉPOURVUE DE CONVERSATION, ET N'A PAS PLUS DE STYLE QUE DE BEAUTÉ !
POURQUOI DOIT-ELLE COURIR LA CAMPAGNE PAR DES TEMPS PAREILS ? PARCE QUE SA SŒUR EST ENRHUMÉE ?
SON JUPON ÉTAIT TOUT DÉCHIRÉ, TOUT TACHÉ ET ELLE AVAIT MÊME DES MORCEAUX DE ZOMBIES SUR SA MANCHE.
VOTRE DESCRIPTION PEUT ÊTRE FORT EXACTE, MAIS RIEN DE TOUT CELA NE M'A FRAPPÉ.
J'AI TROUVÉ QU'ELLE AVAIT FIÈRE ALLURE LORSQU'ELLE EST ARRIVÉE CE MATIN, ET JE N'AI PAS REMARQUÉ SON JUPON.
ELLE FAIT PREUVE D'UNE GRANDE AFFECTION POUR SA SŒUR, CE QUI EST DES PLUS PLAISANT.
JE CRAINS BIEN, MR DARCY, QUE CET INCIDENT NE FASSE TORT À VOTRE ADMIRATION POUR SES BEAUX YEUX.
EN AUCUNE FAÇON. L'ÉPREUVE LES AURA RENDU ENCORE PLUS BRILLANTS.
J'AI BEAUCOUP DE SYMPATHIE POUR JANE BENNET, UNE FILLE CHARMANTE.
MAIS AVEC DE TELS PARENTS ET SI PEU DE RELATIONS DANS LE MONDE, JE CRAINS QU'IL NE SOIT JAMAIS QUESTION D'UN MARIAGE.
VOUS N'AVEZ DONC AUCUN RESPECT POUR ELLES EN TANT QUE GUERRIÈRES ?
EN FAIT, JE N'AI JAMAIS VU DE LADIES SI DOUÉES POUR LE COMBAT !
MAIS VOILÀ QUI DEVRAIT SENSIBLEMENT RÉDUIRE LEURS CHANCES DE SE MARIER DANS LA BONNE SOCIÉTÉ.
CERTES ! MAINTENANT RETIRONS-NOUS DANS LE SALON. MISS BENNET DAIGNERA
PEUT-ÊTRE NOUS REJOINDRE PENDANT QUE SA SŒUR DORT.

PRÉFÉRERIEZ-VOUS LA LECTURE AUX CARTES ? QUEL GOÛT SINGULIER !
JE PRÉFÈRE BIEN DES CHOSES AUX CARTES, MR HURST.
ET EN PARTICULIER SENTIR UNE LAME AIGUISÉE PERCER UN VENTRE ROND.
J'AURAIS SOUHAITÉ POUR VOTRE AGRÉMENT QUE MA BIBLIOTHÈQUE SOIT MIEUX GARNIE, MAIS JE SUIS PARESSEUX.
ET BIEN QUE JE POSSÈDE FORT PEU DE LIVRES, J'EN POSSÈDE BIEN PLUS QUE JE N'EN AI FEUILLETÉ.
ILS ME CONVIENNENT PARFAITEMENT.
JE SUIS SURPRISE QUE MON PÈRE AIT LAISSÉ SI PEU DE LIVRES.
QUELLE MERVEILLEUSE BIBLIOTHÈQUE VOUS AVEZ À PEMBERLEY, MR DARCY ! ET VOUS TRAVAILLEZ TOUJOURS À L'ENRICHIR, VOUS ÊTES TOUJOURS EN TRAIN D'ACHETER DES LIVRES !
JE NE COMPRENDS PAS QU'ON PUISSE NÉGLIGER UNE BIBLIOTHÈQUE DE FAMILLE EN DES TEMPS PAREILS.
QUE PEUT-ON FAIRE SINON RESTER À LA MAISON ET LIRE JUSQU'À CE QUE LE VACCIN SOIT ENFIN DÉCOUVERT ?
MISS DARCY A-T-ELLE BEAUCOUP CHANGÉ DEPUIS CE PRINTEMPS ? PROMET-ELLE D'ÊTRE AUSSI GRANDE QUE MOI ?
COMME JE SERAIS HEUREUSE DE LA REVOIR ! ELLE QUI EST SI ACCOMPLIE POUR SON ÂGE !
OUI ELLE EST MAINTENANT À PEU PRÈS DE LA TAILLE DE MISS ELIZABETH, PEUT-ÊTRE PLUS GRANDE.
JE CROIS QUE JE N'AI JAMAIS ENTENDU PARLER D'UNE JEUNE FILLE SANS ENTENDRE DIRE QU'ELLE ÉTAIT "ACCOMPLIE" !

MA SŒUR GEORGIANA N'EST PAS SEULEMENT REMARQUABLE DANS LES ARTS PROPREMENT FÉMININS.
LES ARTS DE LA GUERRE LUI SONT TOUT AUSSI FAMILIERS. JE NE CONNAIS PAS UNE DEMI-DOUZAINE DE JEUNES FILLES AUSSI "ACCOMPLIES" QU'ELLE.
UNE FEMME DOIT AVOIR UNE CONNAISSANCE APPROFONDIE DE LA MUSIQUE, DU CHANT, DU DESSIN, DE LA DANSE ET DES LANGUES ÉTRANGÈRES.
ELLE DOIT AUSSI ÊTRE ENTRAÎNÉE AUX TECHNIQUES DES MAÎTRES DE KYOTO ET NE RIEN IGNORER DES TACTIQUES ET DES ARMES DE L'EUROPE MODERNE.
PAR AILLEURS, ELLE DOIT AVOIR DANS L'AIR, LA DÉMARCHE, L'INTONATION, UN CERTAIN QUELQUE CHOSE.
FAUTE DE QUOI CE QUALIFICATIF NE SERAIT QU'À DEMI MÉRITÉ. ELLE DOIT AUSSI CULTIVER SON INTELLIGENCE PAR DE NOMBREUSES LECTURES.
JE N'AI JAMAIS RENCONTRÉ UNE TELLE FEMME. UNE FEMME EST SOIT TRÈS ENTRAÎNÉE, SOIT TRÈS RAFFINÉE.
ON NE PEUT PAS S'OFFRIR LE LUXE DE COMBINER LES DEUX DANS UNE TELLE PÉRIODE.
EN CE QUI NOUS CONCERNE, MES SŒURS ET MOI, MON CHER PÈRE A PENSÉ QU'IL ÉTAIT PRÉFÉRABLE QUE NOUS NOUS DÉTOURNIONS UN PEU DES LIVRES ET DE LA MUSIQUE
POUR NOUS CONSACRER À MIEUX NOUS PROTÉGER DE CES PAUVRES CONTAMINÉS.
AVEC VOTRE PERMISSION, JE DOIS ME RENDRE AU CHEVET DE MA SŒUR.
ELLE EST DE CES JEUNES FILLES QUI CHERCHENT À SE FAIRE VALOIR AUPRÈS DE L'AUTRE SEXE EN DÉNIGRANT LE LEUR !
C'EST UN ARTIFICE BIEN BAS, UN PROCÉDÉ BIEN FAIBLE.
L'ÉTAT DE MA SŒUR A EMPIRÉ.
S'IL VOUS PLAÎT, POURRIONS-NOUS APPELER MR JONES UNE NOUVELLE FOIS DEMAIN MATIN ?

LE MATIN SUIVANT.
NOUS NOUS SOMMES MISES EN ROUTE DÈS QUE VOTRE MESSAGE NOUS EST PARVENU.
SON ÉTAT S'EST-IL QUELQUE PEU AMÉLIORÉ ?
NOTRE SECOND MESSAGE, À VRAI DIRE. LE PREMIER A ÉTÉ ENSEVELI PAR DES INNOMMABLES À LA SORTIE DE MERYTON.
MR JONES DIT QU'ELLE EST BIEN TROP MALADE POUR QU'ON LA DÉPLACE. NOUS VOILÀ OBLIGÉES D'ABUSER ENCORE UN PEU DE LEUR HOSPITALITÉ.
ELLE A BEAUCOUP SOUFFERT EN FAIT, MAIS AVEC LA PLUS GRANDE DES PATIENCES.
SANS AUCUN DOUTE GRÂCE À CES NOMBREUX MOIS PASSÉS SOUS LA TUTELLE DE MAÎTRE LIU.
AURAIS-JE LA JOIE DE RENCONTRER CE GENTLEMAN ICI À HERTFORDSHIRE ?
JE NE PENSE PAS, ÉTANT DONNÉ QU'IL N'A JAMAIS QUITTÉ LES MURS DU TEMPLE SHAOLIN DE LA PROVINCE DU HENAN.
C'EST LÀ QUE NOS ENFANTS ONT PASSÉ DE LONGUES JOURNÉES D'ENTRAÎNEMENT À ENDURER TOUS TYPES DE DÉSAGRÉMENTS.
MR BINGLEY, VOUS AVEZ PROMIS DE DONNER UN BAL À NETHERFIELD.
IL SERAIT VRAIMENT HONTEUX QUE VOUS NE TENIEZ PAS VOTRE PAROLE !
JE VOUS ASSURE QUE JE SUIS PRÊT À HONORER MON ENGAGEMENT !
ET DÈS QUE VOTRE SŒUR SERA RÉTABLIE VOUS FIXEREZ VOUS-MÊME LA DATE !
PARFAIT ! ET À CE MOMENT-LÀ LE CAPITAINE CARTER SERA DE NOUVEAU À MERYTON !
ET DÈS QUE VOUS AUREZ DONNÉ VOTRE BAL, J'INSISTERAI POUR DONNER LE MIEN À MON TOUR.

MISS DARCY SERA BIEN HEUREUSE DE RECEVOIR UNE SI LONGUE LETTRE. VOUS ÉCRIVEZ DRÔLEMENT VITE !
ET VOUS, VOUS PARLEZ TROP.
JE N'OSE IMAGINER COMBIEN VOUS ÉCRIVEZ DE LETTRES SUR UNE ANNÉE !
JE VOUS PRIE DE DIRE À VOTRE SŒUR COMBIEN IL ME TARDE DE LA VOIR.
MRS HURST ! QUE DIRIEZ-VOUS D'UN PEU DE MUSIQUE POUR VOUS-MÊME ET CAROLINE ?
"QUAND LES MORTS RESTAIENT MUETS ET QU'IMMOBILE ÉTAIT LA TERRE, QUE LA VILLE DE LONDRES NE S'OFFRAIT QU'AUX VIVANTS,
LE FLÉAU S'EST ABATTU, SOUDAIN ET VIOLENT, ET NOUS AVONS DÉFENDU DÈS LORS NOTRE CHÈRE ANGLETERRE !"
N'AURIEZ-VOUS PAS GRANDE ENVIE, MISS BENNET, DE DANSER UN QUADRILLE ?
JE SAIS QUE VOUS VOULEZ QUE J'ACCEPTE, POUR VOUS DONNER LE PLAISIR DE MOQUER MES MANIÈRES.
JE SUIS DONC RÉSOLUE À VOUS RÉPONDRE QUE JE N'AI AUCUNE ENVIE DE DANSER UN QUADRILLE.
ET MAINTENANT, MÉPRISEZ-MOI, SI VOUS OSEZ.
JE N'OSERAI PAS.
JE N'OSERAI JAMAIS, MISS ELIZABETH.

SI VOUS L'ÉPOUSEZ, J'ESPÈRE QUE VOUS DONNEREZ À VOTRE BELLE-MÈRE QUELQUES CONSEILS POUR QU'ELLE TIENNE SA LANGUE !
ET SI VOUS EN ÊTES CAPABLE, VEUILLEZ SOIGNER LES PLUS JEUNES SŒURS DE LEUR INCLINATION À COURIR APRÈS LES OFFICIERS.
ENFIN SI JE PUIS ME PERMETTRE, VOUS POURRIEZ TENTER AUSSI DE MODÉRER LE PENCHANT SI PEU FÉMININ DE MISS BENNET POUR L'EXERCICE, LES PISTOLETS, LES ÉPÉES,
ET TOUTES CES CHOSES BIEN SOTTES ENCORE QU'ON FAIT BIEN DE LAISSER AUX HOMMES OU AUX FEMMES DE PEU D'ÉDUCATION.
VOUS AVEZ ENCORE DES CHOSES À PROPOSER POUR FAIRE MON BONHEUR DOMESTIQUE ?
OH ! JE NE SAVAIS PAS QUE VOUS AVIEZ L'INTENTION DE MARCHER.
VOUS NOUS AVEZ ÉPUISÉES, EN DISPARAISSANT AINSI SANS NOUS DIRE QUE VOUS SORTIEZ.
CETTE ALLÉE N'EST PAS ASSEZ LARGE POUR NOUS TOUS.
ET SI NOUS ALLIONS SUR L'AVENUE ?
NON, NON, RESTEZ OÙ VOUS ÊTES. VOUS FAITES À VOUS TROIS UN GROUPE CHARMANT.
J'EN ROMPRAIS L'HARMONIE SI VOUS ADMETTIEZ UN QUATRIÈME COMPAGNON.
ET PUIS CE CHEMIN REGORGE SÛREMENT DE ZOMBIES.
JE N'AI PAS LA MOINDRE ENVIE DE M'ENGAGER DANS UN COMBAT AUJOURD'HUI. ADIEU !

MISS JANE ! QUEL PLAISIR DE VOUS REVOIR !
JE SUIS SÛR QUE LA CONVERSATION DE MES SŒURS VOUS A RENDU VOS ESPRITS.
EN EFFET, ELLES ONT VRAIMENT UN DON POUR LA CONVERSATION !
SI SEULEMENT LES MOTS ÉTAIENT CAPABLES DE DÉCAPITER UN ZOMBIE.
JE ME TROUVERAIS EN PRÉSENCE DES DEUX PLUS GRANDS GUERRIERS DE CE MONDE.
QU'IL EST AGRÉABLE DE PASSER LA SOIRÉE AINSI !
JE DÉCLARE QU'AU FOND NUL PLAISIR NE VAUT LA LECTURE, N'EST-CE PAS MR DARCY ?
VOUS PARLEZ COMME QUELQU'UN QUI NE SAIT RIEN DE L'EXTASE QU'ON RESSENT LORSQU'ON TIENT DANS SES MAINS UN CŒUR ENCORE BATTANT.
EST-CE QUE VOUS ENVISAGEZ TOUJOURS DE DONNER CE BAL, CHARLES ?
J'AIMERAIS INFINIMENT MIEUX LES BALS SI ON LES ORGANISAIT DIFFÉREMMENT.
VOUS AIMERIEZ INFINIMENT MIEUX LES BALS SI VOUS EN SAVIEZ QUELQUE CHOSE.
OH ! QUELLE HORREUR ! JE N'AI JAMAIS RIEN ENTENDU D'AUSSI ABOMINABLE !
JE VOUS EN PRIE, ELIZABETH, QUEL EST LE RÉSULTAT DE VOTRE EXAMEN DE MR DARCY ?
NOUS AVONS CERTAINS DÉFAUTS EN COMMUN, MR BINGLEY.
NOUS VIVONS TOUS DEUX SELON LE CODE DES GUERRIERS.
MAIS VOTRE DÉFAUT, DARCY, C'EST DE DÉTESTER CEUX QUI VOUS ENTOURENT.
ET LE VÔTRE, DE DÉLIBÉRÉMENT VOUS MÉPRENDRE SUR LEUR COMPTE.

LE JOUR SUIVANT
ÊTES-VOUS SÛRE DE NE PAS POUVOIR RESTER PLUS LONGTEMPS ?
QUE FEREZ-VOUS S'IL Y A UNE ATTAQUE ? VOUS N'ÊTES PAS ASSEZ RÉTABLIE POUR VOUS BATTRE !
N'AYEZ CRAINTE, ELIZABETH EST UN GARDE DU CORPS COMME IL N'Y EN A PAS DANS TOUTE L'ANGLETERRE.
MR DARCY.
MISS BENNET.
LYDIA NOUS A ENVOYÉ DES NOUVELLES. PLUSIEURS OFFICIERS AURAIENT DÎNÉ CHEZ NOTRE ONCLE RÉCEMMENT.
UN PARTICULIER AURAIT ÉTÉ FLAGELLÉ POUR S'ÊTRE ADONNÉ À DE HONTEUSES PRATIQUES...
... AVEC UN CADAVRE SANS TÊTE. ET UNE RUMEUR VEUT QUE LE COLONEL FORSTER SE MARIE.
SOYEZ PRÊTE, MA SŒUR. ON NOUS REGARDE.
DES ENFANTS ! ON DIRAIT L'ORPHELINAT DE MRS BEECHAM.
IL EST TOMBÉ RÉCEMMENT, AVEC TOUTE LA PAROISSE DE SAINT THOMAS.
DES ENFANTS, RIEN QUE DES ENFANTS.
"J'ESPÈRE, MA CHÈRE, QUE VOUS AVEZ FAIT PRÉPARER UN BON DÎNER POUR CE SOIR PARCE QU'IL EST PROBABLE QU'UN INVITÉ SUPPLÉ-MENTAIRE SE JOINDRA À NOTRE PETITE RÉUNION FAMILIALE."

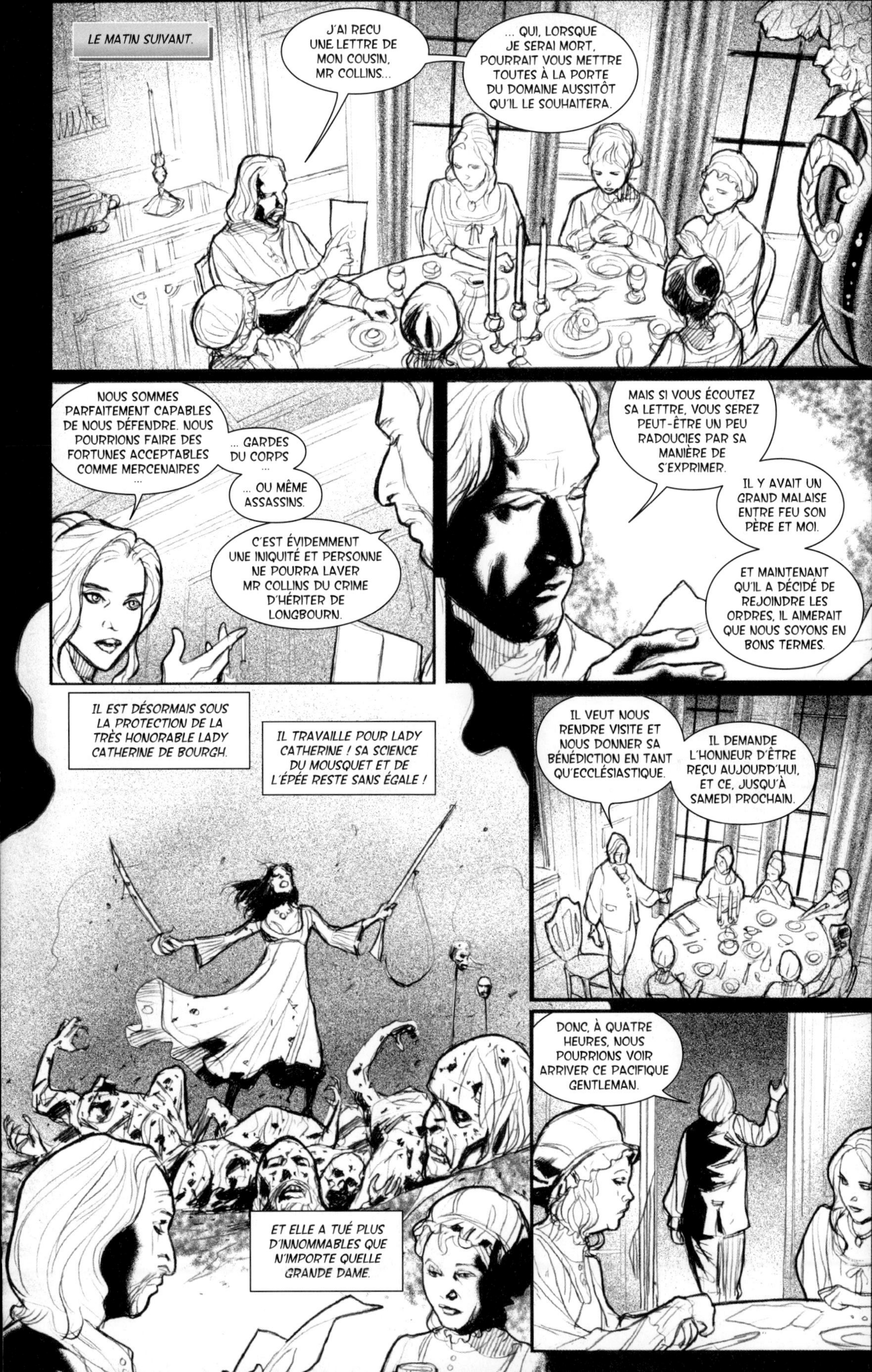
LE MATIN SUIVANT.
J'AI REÇU UNE LETTRE DE MON COUSIN, MR COLLINS...
... QUI, LORSQUE JE SERAI MORT, POURRAIT VOUS METTRE TOUTES À LA PORTE DU DOMAINE AUSSITÔT QU'IL LE SOUHAITERA.
NOUS SOMMES PARFAITEMENT CAPABLES DE NOUS DÉFENDRE. NOUS POURRIONS FAIRE DES FORTUNES ACCEPTABLES COMME MERCENAIRES ...
... GARDES DU CORPS ...
... OU MÊME ASSASSINS.
C'EST ÉVIDEMMENT UNE INIQUITÉ ET PERSONNE NE POURRA LAVER MR COLLINS DU CRIME D'HÉRITER DE LONGBOURN.
MAIS SI VOUS ÉCOUTEZ SA LETTRE, VOUS SEREZ PEUT-ÊTRE UN PEU RADOUCIES PAR SA MANIÈRE DE S'EXPRIMER.
IL Y AVAIT UN GRAND MALAISE ENTRE FEU SON PÈRE ET MOI.
ET MAINTENANT QU'IL A DÉCIDÉ DE REJOINDRE LES ORDRES, IL AIMERAIT QUE NOUS SOYONS EN BONS TERMES.
IL EST DÉSORMAIS SOUS LA PROTECTION DE LA TRÈS HONORABLE LADY CATHERINE DE BOURGH.
IL TRAVAILLE POUR LADY CATHERINE ! SA SCIENCE DU MOUSQUET ET DE L'ÉPÉE RESTE SANS ÉGALE !
ET ELLE A TUÉ PLUS D'INNOMMABLES QUE N'IMPORTE QUELLE GRANDE DAME.
IL VEUT NOUS RENDRE VISITE ET NOUS DONNER SA BÉNÉDICTION EN TANT QU'ECCLÉSIASTIQUE.
IL DEMANDE L'HONNEUR D'ÊTRE REÇU AUJOURD'HUI, ET CE, JUSQU'À SAMEDI PROCHAIN.
DONC, À QUATRE HEURES, NOUS POURRIONS VOIR ARRIVER CE PACIFIQUE GENTLEMAN.

CE SOIR-LÀ.
CETTE MAISON EST VRAIMENT REMARQUABLE, ET LA NOURRITURE EST DÉLICIEUSE.
DITES-MOI LAQUELLE DE NOS COUSINES EST LA CUISINIÈRE ?
JE DEVRAIS VOUS PLANTER MA FOURCHETTE DANS LA GORGE POUR UNE TELLE INSULTE !
NOUS AVONS ENCORE LES MOYENS D'EMPLOYER UN CUISINIER, VOUS SAVEZ !
RESTEZ CALME, MA SŒUR, VOUS POURREZ TOUJOURS LE TUER APRÈS DÎNER.
MES FILLES SONT DES TUEUSES D'INNOMMABLES TROP OCCUPÉES À S'ENTRAÎNER POUR PERDRE LEUR TEMPS EN CUISINE, MR COLLINS.
JE... JE VOUS DEMANDE PARDON.
QUELLE CHANCE D'AVOIR UNE SI PRESTI-GIEUSE PROTECTRICE, N'EST-CE PAS ?
LADY CATHERINE N'EST PAS SEULEMENT L'UNE DES PLUS RICHES SERVANTES DU ROI, C'EST AUSSI L'UNE DE SES PLUS MEURTRIÈRES !

OH ! CERTAINS DISENT QU'ELLE EST ARROGANTE.
MAIS JE N'AI JAMAIS VU UNE SI HUMBLE APPLICATION À TUER DES ZOMBIES.
J'AI SOUVENT RÊVÉ DE LA VOIR À L'ŒUVRE. HABITE-T-ELLE DANS VOTRE VOISINAGE ?
LE JARDIN QUI ENTOURE MA MODESTE RÉSIDENCE N'EST SÉPARÉ QUE PAR UN SIMPLE SENTIER DE ROSINGS PARK, RÉSIDENCE DE SA GRÂCE.
ELLE N'A QU'UNE FILLE, HÉRITIÈRE DE ROSINGS ET D'UNE IMMENSE FORTUNE.
MAIS MADEMOISELLE EST MALHEUREUSEMENT D'UNE CONSTITUTION DÉLICATE, CE QUI L'A EMPÊCHÉE DE SUIVRE L'EXEMPLE DE SA MÈRE SUR LA VOIE DES ARTS DU COMBAT.
IL ME SEMBLE QU'ELLE PEUT À PEINE SOULEVER UN SABRE, IMAGINEZ-DONC SI ELLE SAURAIT SE SERVIR D'UNE ARME COMME LE FAIT SA MÈRE !
ENCORE UN PEU DE THÉ, MR COLLINS ?

LE MATIN SUIVANT.
LA ROUTE POUR MERYTON EST SI BELLE QUAND LES INNOMMABLES NE SONT PAS DANS LES PARAGES.
DITES-NOUS-EN PLUS À PROPOS DE LADY CATHERINE, MR COLLINS.
EH BIEN, LA FORTUNE M'A RECOMMANDÉ À LADY CATHERINE...
... APRÈS QU'ELLE A ÉTÉ FORCÉE DE DÉCAPITER SON PRÉCÉDENT RECTEUR, QUI A SUCCOMBÉ AU TRISTE FLÉAU.
CETTE PIPE EST UN CADEAU DE SA GRÂCE, VOUS SAVEZ.
OUI, VOUS NOUS L'AVEZ DÉJÀ DIT.
SILENCE ! JE SENS L'ODEUR DES INNOMMABLES.
MON DIEU ! PENNY MAC GREGOR ! OH LA PAUVRE, LA MISÉRABLE !
COMBIEN DE FOIS L'AVONS-NOUS MISE EN GARDE DE NE PAS MONTER SEULE À CHEVAL !
ELLE DEVAIT LIVRER DE L'HUILE DE LAMPE À LONGBOURN. CES TONNEAUX EN SONT PLEINS.
LES MAC GREGOR TRANSFORMENT DE PLEINES CHARETTES DE GRAISSE DE BALEINE EN HUILES DE LAMPE ET EN PARFUMS.
MON DIEU, AYEZ PITIÉ DE CETTE FILLE MAUDITE !
EST-CE QU'ON NE FERAIT PAS MIEUX DE CONTINUER NOTRE ROUTE ? ON NE PEUT PLUS RIEN FAIRE POUR ELLE MAINTENANT.
ET PUIS, PENSEZ COMBIEN NOS ROBES SERONT SALES SI NOUS DEVONS NOUS BATTRE DANS CET AFFREUX RAVIN.
LYDIA ! NOUS LA CONNAISSIONS ! UN GUERRIER DOIT TOUJOURS VENGER SES AMIS.

PUIS-JE ? JE VOUS REMERCIE.
C'ÉTAIT UN CADEAU DE SA GRÂCE !
FOOM
GRUHHAA!!!!!!!
NON, LAISSEZ-LES BRÛLER, LAISSEZ-LES AVOIR UN AVANT-GOÛT DE L'ÉTERNITÉ.
VOUS VOYEZ, MR COLLINS, DIEU N'A AUCUNE PITIÉ.
ET NOUS NE DEVRIONS PAS EN AVOIR NON PLUS.
VENEZ, NOUS AVONS ENCORE DU CHEMIN À FAIRE D'ICI MERYTON. LYDIA A DES OFFICIERS À RENCONTRER.
ET NOUS DEVONS ANNONCER LA TRISTE NOUVELLE AUX MAC GREGOR.

MERYTON.
MR DENNY ! VOUS ÊTES REVENU !
EN EFFET, MISS LYDIA. PUIS-JE VOUS PRÉSENTER MON AMI, MR WICKHAM ?
IL A VOYAGÉ AVEC MOI DEPUIS LONDRES, ET JE SUIS HEUREUX DE VOUS ANNONCER QU'IL EST DÉSORMAIS OFFICIER DANS NOTRE RÉGIMENT.
TOUT LE PLAISIR EST POUR MOI. JE SUIS VOTRE SERVITEUR.
DARCY.
WICKHAM.
BONJOUR, MESDEMOISELLES ! JE SUIS TRÈS HEUREUX DE VOUS VOIR EN BONNE FORME, MISS JANE !
QUE VIENT-IL DE SE PASSER, À VOTRE AVIS ?
AUCUNE IDÉE MA SŒUR, MAIS JE VIENS JUSTE DE VOIR MRS PHILIPPS.
ELLE NOUS INVITE TOUS À DÎNER.
ET ELLE INVITERA MR. WICKHAM AUSSI.

ON DIT QUE LE PÈRE DE PENNY S'EST JETÉ DANS UNE CUVE DE PARFUM BOUILLANT.
IL ÉTAIT FOU DE CHAGRIN, ET QUAND ON L'A SORTI DE LÀ, IL ÉTAIT AVEUGLE ET SAUVAGEMENT DÉFIGURÉ.
BIENVENUE MESDEMOISELLES, ET MR COLLINS !
JE SUIS SÛR QUE NOUS SOMMES BIEN LOIN ICI DES MAGNIFIQUES PROPRIÉTÉS QUE VOUS AVEZ L'HABITUDE DE FRÉQUENTER !
EH BIEN IL EST VRAI QUE LADY CATHERINE S'EMPLOIE AVEC PLAISIR À AMÉNAGER SON DOMAINE...
... AVEC SON GRAND DOJO, OU LA RÉCENTE EXTENSION QUI ACCUEILLE SA GARDE DE NINJAS PRIVÉE.
MAIS NE SE LASSE-T-IL JAMAIS DE PARLER DE LADY CATHERINE ?
J'AI ARRÊTÉ DE L'ÉCOUTER.
À LA PLACE, JE ME FAIS L'INVENTAIRE DES INNOMBRABLES MANIÈRES DONT ON POURRAIT LE TUER.
NOUS Y VOILÀ. MR PHILIPPS N'EST PLUS À PRÉSENTER ÉVIDEMMENT.
ET JE CROIS QUE VOUS AVEZ TOUS FAIT LA CONNAISSANCE DE MR WICKHAM.
ET MAINTENANT, QUI VEUT JOUER À "CRYPTES ET CERCUEILS" ?

VOUS JOUERIEZ AVEC NOUS À "CRYPTES ET CERCUEILS" MR WICKHAM ?
C'EST UN JEU DE CARTES DES PLUS DIVERTISSANTS.
JE N'EN FERAI RIEN, IL Y A À CETTE TABLE BIEN TROP DE MONDE À MON GOÛT.
DITES-MOI, DEPUIS COMBIEN DE TEMPS MR DARCY EST-IL À MERYTON ?
DEPUIS À PEU PRÈS UN MOIS. UN HOMME AUX MAINS BIEN MEURTRIÈRES SI J'AI BIEN COMPRIS.
OUI, SON TALENT DE GUERRIER EST IRRÉPROCHABLE.
ET JE LE SAIS MIEUX QUE PERSONNE PUISQUE JE SUIS LIÉ À SA FAMILLE DEPUIS MA PETITE ENFANCE.
LA FROIDEUR DE NOTRE RENCONTRE N'A PAS DÛ ÉCHAPPER À UNE FEMME EXERCÉE COMME VOUS L'ÊTES.
CONNAISSEZ-VOUS BIEN MR DARCY ?
TRÈS SUFFISAMMENT À MON GOÛT. J'AI PASSÉ QUATRE JOURS DANS LA MÊME MAISON QUE LUI
ET JE LE TROUVE TOUT À FAIT ANTIPATHIQUE.
PERSONNE EN HERTFORDSHIRE NE VOUS EN DIRA DU BIEN.
SON ORGUEIL A REBUTÉ TOUT LE MONDE. J'ESPÈRE QUE VOS PROJETS NE SE TROUVERONT PAS CONTRARIÉS PAR SA PRÉSENCE.
POUR CELA NON. S'IL NE VEUT PAS ME VOIR, C'EST À LUI DE S'ÉCARTER.
NOUS NE SOMMES PAS EN BONS TERMES ET CHAQUE RENCONTRE AVEC LUI M'EST PÉNIBLE.
MAIS NOUS SOMMES TOUS LES DEUX DES GUERRIERS ET LA VUE D'UN HOMME NE SUFFIT PAS À NOUS INTIMIDER.
SON PÈRE, LE DÉFUNT MR DARCY ÉTAIT UN DES MEILLEURS TUEURS DE ZOMBIES QUE LA TERRE AIT PORTÉ
ET LE PLUS SINCÈRE AMI QUE J'AIE JAMAIS EU.
LE COMPORTEMENT DE SON FILS À MON ÉGARD A ÉTÉ SCANDALEUX, ET JE CROIS QUE JE POURRAIS TOUT LUI PARDONNER ...
... TOUT SAUF D'AVOIR TROMPÉ LES ESPÉRANCES ET MANQUÉ À LA MÉMOIRE DE SON PÈRE.

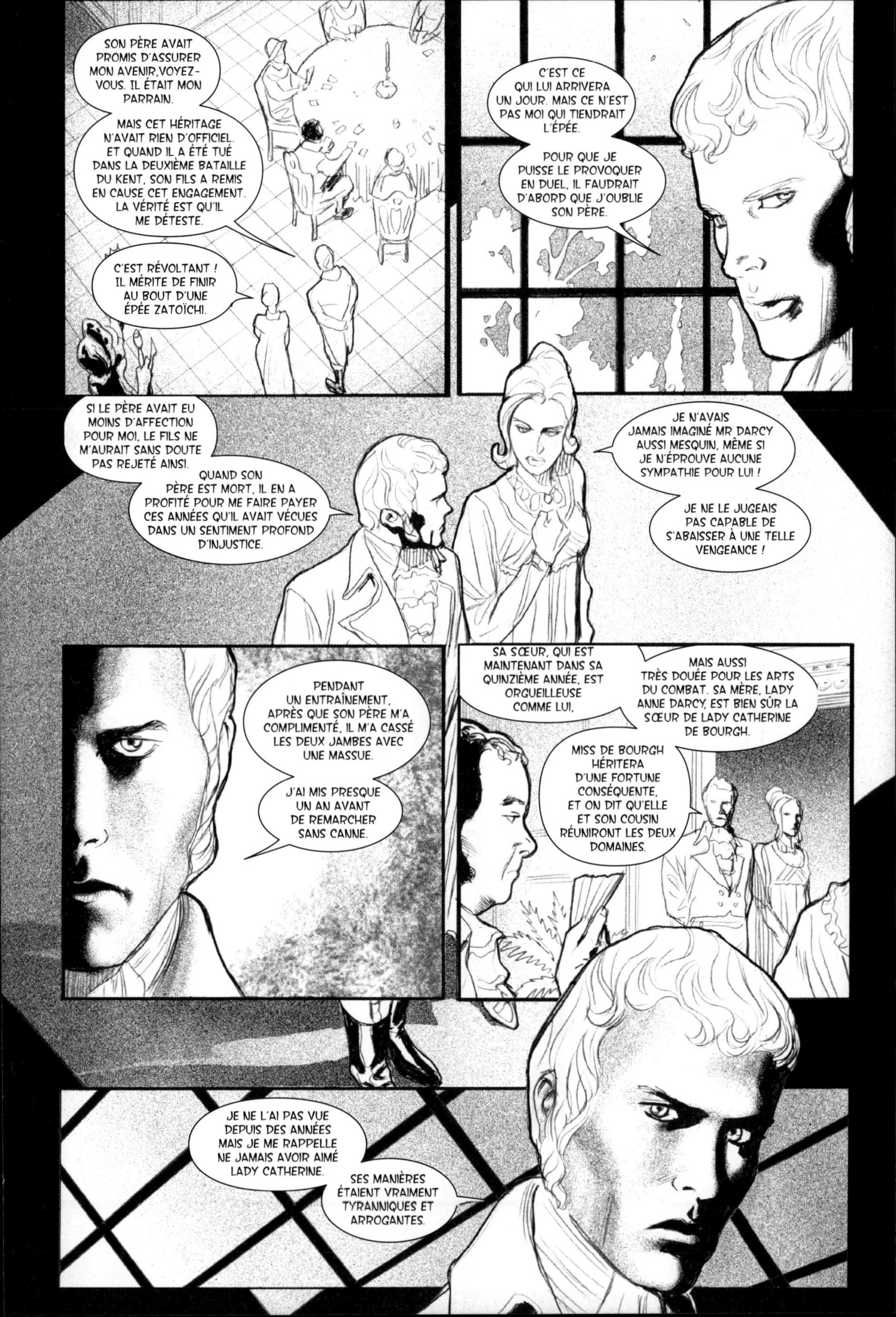
SON PÈRE AVAIT PROMIS D'ASSURER MON AVENIR,VOYEZ-VOUS. IL ÉTAIT MON PARRAIN.
MAIS CET HÉRITAGE N'AVAIT RIEN D'OFFICIEL. ET QUAND IL A ÉTÉ TUÉ DANS LA DEUXIÈME BATAILLE DU KENT, SON FILS A REMIS EN CAUSE CET ENGAGEMENT. LA VÉRITÉ EST QU'IL ME DÉTESTE.
C'EST RÉVOLTANT ! IL MÉRITE DE FINIR AU BOUT D'UNE ÉPÉE ZATOÏCHI.
C'EST CE QUI LUI ARRIVERA UN JOUR. MAIS CE N'EST PAS MOI QUI TIENDRAIT L'ÉPÉE.
POUR QUE JE PUISSE LE PROVOQUER EN DUEL, IL FAUDRAIT D'ABORD QUE J'OUBLIE SON PÈRE.
SI LE PÈRE AVAIT EU MOINS D'AFFECTION POUR MOI, LE FILS NE M'AURAIT SANS DOUTE PAS REJETÉ AINSI.
QUAND SON PÈRE EST MORT, IL EN A PROFITÉ POUR ME FAIRE PAYER CES ANNÉES QU'IL AVAIT VÉCUES DANS UN SENTIMENT PROFOND D'INJUSTICE.
JE N'AVAIS JAMAIS IMAGINÉ MR DARCY AUSSI MESQUIN, MÊME SI JE N'ÉPROUVE AUCUNE SYMPATHIE POUR LUI !
JE NE LE JUGEAIS PAS CAPABLE DE S'ABAISSER À UNE TELLE VENGEANCE !
PENDANT UN ENTRAÎNEMENT, APRÈS QUE SON PÈRE M'A COMPLIMENTÉ, IL M'A CASSÉ LES DEUX JAMBES AVEC UNE MASSUE.
J'AI MIS PRESQUE UN AN AVANT DE REMARCHER SANS CANNE.
SA SŒUR, QUI EST MAINTENANT DANS SA QUINZIÈME ANNÉE, EST ORGUEILLEUSE COMME LUI.
MAIS AUSSI TRÈS DOUÉE POUR LES ARTS DU COMBAT. SA MÈRE, LADY ANNE DARCY, EST BIEN SÛR LA SŒUR DE LADY CATHERINE DE BOURGH.
MISS DE BOURGH HÉRITERA D'UNE FORTUNE CONSÉQUENTE, ET ON DIT QU'ELLE ET SON COUSIN RÉUNIRONT LES DEUX DOMAINES.
JE NE L'AI PAS VUE DEPUIS DES ANNÉES MAIS JE ME RAPPELLE NE JAMAIS AVOIR AIMÉ LADY CATHERINE.
SES MANIÈRES ÉTAIENT VRAIMENT TYRANNIQUES ET ARROGANTES.

QUE FAIRE, MA SŒUR ? SON REGARD NE MENTAIT PAS QUAND IL PARLAIT DE MR DARCY !
C'EST UNE QUESTION DÉLICATE. MR BINGLEY SOUFFRIRA BEAUCOUP SI L'AFFAIRE DEVIENT PUBLIQUE !
IL POURRAIT MÊME EN VENIR AU DUEL POUR RÉTABLIR SON HONNEUR.
J'AI DU MAL À SUPPORTER CETTE IDÉE...
LES ENFANTS ! ARRÊTEZ L'ENTRAÎNEMENT, NOUS AVONS DES INVITÉS !
REJOIGNEZ-NOUS VITE AU SALON !
OH ! MISTER BINGLEY ! EXCUSEZ NOS ACCOUTREMENTS DE LUTTEUSES...
EXCUSEZ-NOUS PLUTÔT DE CETTE BRÈVE INTRUSION ! NOUS SOMMES SIMPLEMENT PASSÉS VOUS REMETTRE VOS INVITATIONS
AU BAL QUE NOUS DONNERONS À NETHERFIELD CE PROCHAIN MARDI !
NOUS SOMMES HONORÉES QUE VOUS SOYEZ VENU FAIRE CES INVITATIONS EN PERSONNE !
JE SUIS VOTRE SERVITEUR, COMME TOUJOURS, MISS BENNET.
EST-CE QUE VOUS IREZ AU BAL, MR COLLINS ? EST-CE UN DIVERTISSEMENT CONVENABLE ?
J'IMAGINE QUE VOUS NE TENEZ PAS À CE QUE VOTRE COMPORTEMENT SOIT RÉPRIMANDÉ PAR L'ARCHEVÊQUE, OU PAR LADY CATHERINE !
JE VIENDRAI BIEN ENTENDU. ET J'AI L'HONNEUR DE VOUS DEMANDER DE M'ACCORDER LES DEUX PREMIÈRES DANSES, MISS BENNET.
LES DEUX PREMIÈRES DANSES ? J'ESPÉRAIS DANSER AVEC MR WICKHAM !
DIEU ! EST-CE QUE CE PETIT PRÊTRE GRAS ESPÈRE FAIRE DE MOI SON ÉPOUSE ?

LE BAL DE NETHERFIELD.
JE CRAINS QUE MR WICKHAM N'AIT DÛ RETOURNER À LONDRES HIER. ON Y MONTRAIT UN NOUVEAU MODÈLE DE VOITURE.
VOUS POUVEZ ÊTRE SÛRE QUE MR DARCY N'A PAS MANQUÉ DE L'INVITER !
J'AI ENTENDU DIRE QUE MR WICKHAM ÉTAIT APPRÉCIÉ DE TOUS.
CE QUI N'EST PAS LE CAS DE MR DARCY.
JE PARIE QUE VOUS TROUVEREZ BIENTÔT MR DARCY TRÈS AGRÉABLE.
DIEU M'EN PRÉSERVE ! CE SERAIT LE PLUS GRAND DES MALHEURS.
UN MALHEUR ? J'ESPÈRE VOUS TROUVER EN BONNE SANTÉ, MISS BENNET...
... CAR JE COMPTAIS SUR LE PLAISIR DE VOUS PROPOSER CETTE DANSE.

VOTRE CAPRICE POUR MR WICKHAM NE DOIT PAS VOUS AVEUGLER AU POINT DE VOUS RENDRE DÉSAGRÉABLE AUX YEUX D'UN HOMME DE DIX FOIS SA VALEUR !
JE REMARQUE QUE LES BALS PRIVÉS PRÉSENTENT PLUS D'AGRÉMENT QUE LES BALS PUBLICS.
AU CONTRAIRE. JE TROUVE CES BALS ENCORE PLUS AMUSANTS.
QUAND ILS CESSENT D'ÊTRE PRIVÉS.
COMMENT EST LA ROUTE POUR MERYTON ? Y CROISEZ-VOUS SOUVENT DES ZOMBIES ?
OUI. NOUS ESSAYONS DE NE PAS TROP L'EMPRUNTER PAR MAUVAIS TEMPS.
CELA DIT, LORSQUE VOUS NOUS AVEZ RENCONTRÉES L'AUTRE JOUR, NOUS VENIONS JUSTE DE FAIRE UNE NOUVELLE CONNAISSANCE.
MR WICKHAM EST DOUÉ DE MANIÈRES AGRÉABLES QUI LUI OUVRENT FACILEMENT DE NOUVELLES AMITIÉS.
QU'IL SOIT ÉGALEMENT CAPABLE DE LES CONSERVER EST BIEN MOINS SÛR.
IL A ÉTÉ FORT MALCHANCEUX DE PERDRE VOTRE AMITIÉ.
ET SA CAPACITÉ À MARCHER, PENDANT UNE DOUZAINE DE MOIS, SI J'AI BIEN COMPRIS.

QUE PENSEZ-VOUS DES ORIENTAUX ? JE TROUVE LEURS COUTUMES AUSSI ÉTRANGES QUE LEURS MANIÈRES.
N'AYANT ÉTÉ ENTRAÎNÉ QU'AU JAPON, J'ADMETS QUE MES VUES SOIENT BIEN LIMITÉES.
JE SERAI CURIEUX DE VOUS ENTENDRE PARLER DE VOTRE SÉJOUR DANS LA COMPAGNIE DE CHINAMEN.
JE NE PEUX PAS PARLER DES ORIENTAUX DANS UNE SALLE DE BAL !
MON ESPRIT EST CONCENTRÉ SUR UNE FOULTITUDE D'AUTRES CHOSES.
C'EST LE PRÉSENT QUI VOUS OCCUPE DANS DE TELS MOMENTS, N'EST-CE PAS ?
EN EFFET.
JE NE PEUX PAS ME FAIRE UNE IDÉE DE VOTRE CARACTÈRE, MR DARCY.
J'ENTENDS SUR VOUS DES JUGEMENTS CONTRADICTOIRES QUI ME LAISSENT TOUT À FAIT PERPLEXE.
JE NE VOUDRAIS POUR RIEN AU MONDE SUSPENDRE VOTRE PLAISIR.
JE VOUS REMERCIE POUR CETTE DANSE, MISS BENNET.

JE VIENS JUSTE DE FAIRE UNE DÉCOUVERTE DE PREMIER ORDRE !
AURIEZ-VOUS PAR HASARD DÉCOUVERT OÙ SE TROUVE LE BUFFET ?
PAS DU TOUT. JE VIENS DE RÉALISER QU'IL Y AVAIT DANS CE SALON UN PARENT DE MA BIENFAITRICE !
QUI AURAIT PU PENSER QUE JE FERAIS DANS CETTE RÉUNION LA RENCONTRE D'UN NEVEU DE LADY CATHERINE DE BOURGH !
VOUS N'ALLEZ PAS ABORDER MR DARCY SANS LUI AVOIR ÉTÉ PRÉSENTÉ !
C'EST EXACTEMENT CE QUE JE COMPTAIS FAIRE. VOUS CONNAISSEZ PEUT-ÊTRE LE CODE DE LA GUERRE,
MAIS PAS CELUI DU CLERGÉ, CHÈRE COUSINE.
MR BINGLEY, VOUS PORTEZ-VOUS BIEN ?
JE VAIS ALLER GRONDER LES DOMESTIQUES, MISS BENNET.
IL N'Y A PERSONNE POUR LAVER CES PLATS !
MR DARCY, AURIEZ-VOUS L'AMABILITÉ DE VOUS JOINDRE À MOI DANS LA CUISINE ?

DES INNOMMABLES ! ILS ONT DÛ RENTRER PAR LA CAVE.
UNE HONTE. UNE SI DÉLICIEUSE SÉLECTION DE QUICHES, DE FRUITS EXOTIQUES, DE GÂTEAUX ! TOUT A ÉTÉ TRISTEMENT SOUILLÉ PAR LE SANG ET LES ÉCLATS DE CERVELLES.
NOUS DEVONS LES DÉCAPITER, OU BIEN ILS REJOINDRONT BIENTÔT LES TROUPES DE L'OBSCURITÉ.
ME LAISSEREZ-VOUS L'HONNEUR DE M'ACQUITTER DE CETTE MALHEUREUSE AFFAIRE SEUL ?
JE NE ME PARDONNERAIS PAS QUE VOTRE TENUE SOIT TÂCHÉE.
JE VOUS LAISSE CET HONNEUR, MR DARCY.
SLACH
SOUICH
OH MON DIEU ! IL DÉCAPITE LE PERSONNEL !
PARDON-NEZ-MOI, MISS BENNET. BLURP
PAS DE DOUTE, MR DARCY EST UN GRAND GUERRIER.
SI SEULEMENT IL ÉTAIT AUSSI GENTLEMAN...

LONGBOURN, LE JOUR SUIVANT.
MISS ELIZABETH, PUIS-JE M'ENTRETENIR UN INSTANT AVEC VOUS ?
LAISSEZ-MOI VOUS ASSURER QUE J'AI POUR CETTE DÉMARCHE LA PERMISSION DE VOTRE RESPECTABLE MÈRE.
JE SUIS VENU EN HERTFORDSHIRE DANS L'INTENTION D'Y TROUVER UNE ÉPOUSE, ET C'EST DÉSORMAIS CHOSE FAITE.
DÈS QUE J'AI FRANCHI LE SEUIL DE CETTE MAISON, JE VOUS AI CHOISIE POUR COMPAGNE DE MON EXISTENCE.
JE CONSIDÈRE QU'IL EST DU DEVOIR DE TOUT CLERGYMAN DE DONNER LE BON EXEMPLE À SA PAROISSE EN FONDANT UN FOYER.
ET C'EST L'AVIS DE LA TRÈS NOBLE DAME QUE J'APPELLE MA PROTECTRICE.
VOUS JUGEREZ SA PUISSANCE AU COMBAT AU-DELÀ DE TOUT CE QUE JE POURRAIS DÉCRIRE.
MAIS PUISQUE VOUS SEREZ BIENTÔT MON ÉPOUSE, JE VOUS DEMANDERAIS NATURELLEMENT DE RENONCER AUX ARMES.
VOUS ALLEZ TROP VITE, MONSIEUR ! VOUS OUBLIEZ QUE JE N'AI PAS ENCORE RÉPONDU !
LAISSEZ-MOI LE FAIRE SANS PLUS TARDER !
JE SUIS TRÈS SENSIBLE À L'HONNEUR QUE VOUS ME FAITES PAR CETTE PROPOSITION.
MAIS IL M'EST IMPOSSIBLE DE NE PAS LA DÉCLINER.

JE COMPRENDS QU'IL SOIT D'USAGE PARMI LES JEUNES FILLES DE REPOUSSER CELUI QU'ELLES ONT AU FOND L'INTENTION D'ÉPOUSER LORSQU'IL SE DÉCLARE POUR LA PREMIÈRE FOIS.
C'EST POURQUOI VOTRE RÉPONSE NE PEUT ME DÉCOURAGER, ET J'AI CONFIANCE QUE J'AURAI D'ICI PEU LE BONHEUR DE VOUS CONDUIRE À L'AUTEL.
VOUS OUBLIEZ, MONSIEUR, QUE JE SUIS UNE ÉLÈVE DE SHAOLIN ! ET MAÎTRE DU SEPTIÈME DAN !
MON REFUS EST IRRÉVOCABLE. VOUS NE POURRIEZ PAS ME RENDRE HEUREUSE.
ET JE SUIS CONVAINCUE QUE JE SUIS LA DERNIÈRE FEMME AU MONDE QUI POURRAIT FAIRE VOTRE BONHEUR !
JE SUIS UNE GUERRIÈRE, MONSIEUR, ET JE LE RESTERAI JUSQU'À MON DERNIER SOUPIR.
LORSQUE J'AURAI L'HONNEUR DE REPRENDRE CETTE CONVERSATION AVEC VOUS...
... J'ESPÈRE RECEVOIR UNE RÉPONSE PLUS FAVORABLE.
EN VÉRITÉ, MR COLLINS, VOUS ME CONFONDEZ !
JE ME DEMANDE EN QUELS TERMES EXPRIMER MON REFUS POUR VOUS CONVAINCRE QUE C'EN EST UN !
SOYEZ SÛR, MR COLLINS, QUE LIZZY FINIRA PAR ENTENDRE RAISON.
C'EST UNE FILLE SOTTE ET ENTÊTÉE QUI NE CONNAÎT POINT SON INTÉRÊT. MAIS JE ME CHARGERAI DE LE LUI FAIRE COMPRENDRE.

MR BENNET ! VOUS DEVEZ OBLIGER LIZZY À ÉPOUSER MR COLLINS !
ELLE DIT QU'ELLE NE VEUT PAS DE LUI, ET IL COMMENCE À DIRE QU'IL NE VEUT PLUS D'ELLE !
EST-CE VRAI ? VOUS REFUSERIEZ LA PROPOSITION DE MR COLLINS ALORS QUE VOTRE MÈRE VOUS ENJOINT D'ACCEPTER ?
OUI, MON PÈRE.
ALORS VOUS VOILÀ DEVANT UNE CRUELLE ALTERNATIVE. À COMPTER D'AUJOURD'HUI, VOUS SEREZ UNE ÉTRANGÈRE POUR L'UN DE VOS PARENTS.
VOTRE MÈRE NE VOUS REVERRA JAMAIS SI VOUS N'ÉPOUSEZ PAS MR COLLINS.
ET JE VOUS DÉFENDS DE REPARAÎTRE DEVANT MOI SI VOUS L'ÉPOUSEZ.
JE N'IMAGINE PAS MA MEILLEURE GUERRIÈRE SE RETIRER AU SERVICE D'UN HOMME QUI EST PLUS GRAS QUE BOUDDHA
ET DONT L'ESPRIT EST MOINS AIGUISÉ QUE LA TRANCHE D'UNE ÉPÉE DE BOIS.
PERSONNE N'EST DE MON CÔTÉ ! PERSONNE NE ME SOUTIENT !
ON M'ABUSE CRUELLEMENT ! PERSONNE NE SE SOUCIE DE MES PAUVRES NERFS !
MAIS, PRENEZ GARDE, MISS LIZZY, SI VOUS VOUS ENTÊTEZ À REPOUSSER TOUTES LES DEMANDES QUI VOUS SONT ADRESSÉES, VOUS NE TROUVEREZ JAMAIS DE MARI.
ET JE NE SAIS PAS QUI VOUS FERA VIVRE LORSQUE VOTRE PÈRE SERA MORT.

LE JOUR SUIVANT.
JE VOUS ASSURE, QUAND CHARLOTTE LUCAS A ENTENDU PARLER DE VOTRE REFUS, SON VISAGE EST DEVENU ÉCARLATE.
LE MOINS QU'ON PUISSE DIRE, C'EST QU'ELLE ÉTAIT DÉCONCERTÉE.
JE NE SERAI PAS MÉCONTENTE QUAND MR COLLINS RETOURNERA CHEZ LUI CE SAMEDI !
CROYEZ-VOUS QUE MR WICKHAM EST DE RETOUR À MERYTON ? J'ESPÈRE QUE...
UN INSTANT.
MA CHÈRE KITTY, NOUS VOUS SAURONS BIEN GRÉ D'ÉPARGNER À NOS DOIGTS UNE MALHEUREUSE DÉTENTE !
ATTENDEZ, C'EST COMME UN SIGNE QUI NOUS VIENDRAIT DE NOÉ LUI-MÊME, POUR NOUS PROTÉGER DE QUELQUE INVISIBLE INONDATION !
TENEZ-VOUS PRÊTES ! JE M'ATTENDS À UNE HORDE DE ZOMBIES À TOUT MOMENT !
GRUURGHHH!!!!!

C'EST HONTEUX. GÂCHER AINSI UNE SI BELLE ROBE DE MARIÉE !
BLAM
BLAM BLAM
D'AUTRES ARRIVENT ! VISEZ BIEN, MES SŒURS !
BLAM
BLAM BLAM
NOUS DEVRIONS NOUS REMETTRE EN ROUTE POUR MERYTON AVANT QUE...
ARRGGGRA-IIEEEEE!!!!
OH NON, C'EST IMPOSSIBLE !

GRRURGHH!
ARRGGGRA-IIEEEEEEE!
NE FAITES PAS ÇA ! C'EST UN ENFANT, LIZZIE !
AVEZ-VOUS OUBLIÉ VOTRE SERMENT ?
C'EST UN ENFANT ZOMBIE. PAS PLUS VIVANT QUE CE MOUSQUET PAR LEQUEL JE VAIS LE RÉDUIRE AU SILENCE !
JE VAIS ABAISSER LE CANON, RECHARGER ET LEUR TIRER DESSUS À TOUS LES DEUX.
JE N'AI QU'À PRESSER LA GÂCHETTE. PRESSER LA...
JE... JE NE PEUX PAS...
Y AURAIT-IL DE L'HONNEUR DANS LA PITIÉ ?
NOUS N'EN REPARLERONS JAMAIS, D'ACCORD ?
NOUS N'EN REPARLERONS JAMAIS.

MR DENNY ! QUEL PLAISIR DE VOUS VOIR !
ET MR WICKHAM, VOUS NOUS ÊTES REVENU !
JE VOUS DEMANDE D'EXCUSER MON ABSENCE, MISS BENNET.
AVEC LE TEMPS, J'AI JUGÉ PRÉFÉRABLE D'ÉVITER UNE RENCONTRE AVEC MR DARCY. ME TROUVER AVEC LUI DANS LA MÊME SALLE ME SEMBLAIT AU-DESSUS DE MES FORCES.
OH SI J'AVAIS ÉTÉ À VOTRE PLACE, JE L'AURAIS PROBABLEMENT PROVOQUÉ EN DUEL !
MISS BENNET, ON M'A CONFIÉ CETTE LETTRE À VOTRE INTENTION.
ELLE VIENT DE NETHERFIELD. MISS CAROLINE BINGLEY.
C'EST TOUT À FAIT SURPRENANT !
ILS ONT TOUS QUITTÉ NETHER-FIELD ET REPRIS LA ROUTE POUR LONDRES.
SANS AVOIR FIXÉ LA MOINDRE DATE DE RETOUR !
ELLE DIT QU'ELLE NE REGRETTERA PAS CETTE PÉRILLEUSE CAMPAGNE COUVERTE DE ZOMBIES MAIS ELLE ESPÈRE QUE NOUS CORRESPONDRONS.
MR BINGLEY EST PARTI À LONDRES HIER POUR AFFAIRES. IL EST ÉVIDENT QU'AUCUN D'ENTRE EUX NE REVIENDRA CET HIVER !

PEUT-ÊTRE N'A-T-IL PAS SUPPORTÉ DE VOIR SON PERSONNEL AINSI TRUCIDÉ. MAIS UN PASSAGE ICI ME BLESSE.
CAROLINE MENTIONNE QUE MR BINGLEY ADMIRE GEORGIANA DARCY, ET QUE CES CIRCONSTANCES FAVORISENT UNE UNION !
VOULEZ-VOUS SAVOIR CE QUE JE PENSE DE CETTE PHRASE, MA CHÈRE SŒUR ?
MISS BINGLEY VOIT BIEN QUE SON FRÈRE EST AMOUREUX DE VOUS ET AIMERAIT QU'IL ÉPOUSE MISS DARCY.
J'IRAI JUSQU'À DIRE QU'ELLE ENTEND VOUS GARDER LOIN DE SES ATTENTIONS. L'HONNEUR EXIGE QU'ON L'ASSASSINE
VOUS DÉLIREZ LIZZY !
ELLE N'EST PEUT-ÊTRE PAS UNE GUERRIÈRE, MAIS C'EST UNE INTRIGANTE. MA CHÈRE SŒUR, JE VOUS EN PRIE.
L'APPLICATION RAPIDE D'UN COUTELAS SUR SA GORGE METTRA UN TERME À CETTE AFFAIRE.
SI NOUS PENSIONS DE LA SORTE, MON HONNEUR SERAIT LAVÉ.
MAIS AU PRIX DE L'AFFECTION DE MR BINGLEY.
VOUS DÉLIREZ JANE.
VOUS AVEZ LAISSÉ VOS SENTIMENTS POUR MR BINGLEY AMOLLIR LES INSTINCTS QU'AVAIENT DÉVELOPPÉ CHEZ VOUS VOS MAÎTRES ORIENTAUX.
NOUS NE DIRONS RIEN À NOTRE MÈRE DU CONTENU DE CETTE LETTRE.
NOUS DIRONS SEULEMENT QUE LA FAMILLE EST PARTIE.
ELLE NOUS DIRA BIENTÔT QUE MR BINGLEY REVIENDRA POUR DÎNER À LONGBOURN. EXACTEMENT DANS CES TERMES.

TROIS JOURS APRÈS, DANS LA MAISON DES BENNET.
CHARLOTTE, QUELLE AGRÉABLE SURPRISE !
QU'EST-CE QUI VOUS AMÈNE À LONGBOURN PAR UNE JOURNÉE SI FROIDE ?
JE... J'AI BESOIN DE VOUS PARLER, ELIZA.
DITES-MOI, EST-CE QUE MR COLLINS VOUS AURAIT PARLÉ UN PEU DE MOI ?
PAS DU TOUT, MAIS QUAND IL EST PARTI CE MATIN, IL ÉTAIT DANS TOUS SES ÉTATS.
SES PAROLES D'ADIEU ONT ÉTONNÉ TOUT LE MONDE !
AH PARFAIT ! JE LUI AVAIS DEMANDÉ DE NE RIEN DIRE.
VOUS VOYEZ, ELIZA, JE VOULAIS VOUS EN PARLER MOI-MÊME.
MR COLLINS M'A OFFERT DE L'ÉPOUSER, ET J'AI ACCEPTÉ.
VOUS VOUS MARIEZ AVEC MR COLLINS ?
MA CHÈRE CHARLOTTE, C'EST IMPOSSIBLE !
POURQUOI ? TROUVEZ-VOUS SI INCROYABLE QU'IL PUISSE OBTENIR LA FAVEUR D'UNE FEMME...
... SOUS PRÉTEXTE QUE VOUS L'AVEZ TROUVÉ INDIGNE DE JOUER LES MARIS D'UNE SI GRANDE FEMME QUE VOUS-MÊME ?
IL EST VENU ME TROUVER IL Y A DEUX JOURS. JE SUIS ALLÉE À SA RENCONTRE UN MATIN.
NOUS AVONS PARLÉ, ET LA DEMANDE FUT FAITE.
JE VOUS FERAIS SAVOIR QUE MON PÈRE EST TRÈS HEUREUX DE CETTE UNION, TOUT AUTANT QUE MA MÈRE !

ILS COMPTENT TRÈS CERTAINEMENT LES JOURS AVANT LA MORT DE NOTRE PÈRE.
ET CHERCHENT LA MEILLEURE MANIÈRE DE SE DÉBARASSER DU DOJO DE LONGBOURN.
JE SAIS QUE VOUS DEVEZ ÊTRE SURPRISE. JE NE SUIS PAS ROMANTIQUE. JE NE DEMANDE QU'UN FOYER CONFORTABLE.
ELIZABETH, JE VOUS PRIE DE NE PAS VOUS FÂCHER ET DE NE PAS M'INTERROMPRE. MAIS JE NE PEUX PAS AVOIR DE SECRETS POUR VOUS.
J'AI ÉTÉ CONTAMINÉE, ET AINSI CONDAMNÉE À SERVIR SATAN.
C'EST ARRIVÉ SUR MON TRAJET DE MERCREDI POUR LONGBOURN. VOUS SOUVENEZ-VOUS QUE J'ÉTAIS ÉCARLATE LORSQUE JE SUIS ARRIVÉE ?
J'AI TROUVÉ SUR MA ROUTE UNE CHAISE DE POSTE RENVERSÉE. JE SUIS ALLÉE VÉRIFIER S'IL Y AVAIT DES SURVIVANTS.
C'EST ALORS QU'UN ZOMBIE A ATTRAPÉ MA JAMBE, ET SES DENTS ONT PERCÉ MA PEAU AVANT QUE JE NE PUISSE M'ENFUIR.
JE N'EN AI PAS POUR LONGTEMPS, ELIZABETH. TOUT CE QUE JE DEMANDE C'EST QUE MES DERNIERS MOIS SOIENT HEUREUX.
ET QUE MON MARI M'ACCORDE UNE DÉCAPITATION CHRÉTIENNE ET DES FUNÉRAILLES.

DEUX SEMAINES PLUS TARD.
JE NE PEUX TOUJOURS PAS Y CROIRE ! CHARLOTTE ET MR COLLINS !
ET APPAREMMENT LADY CATHERINE APPROUVE CHALEUREUSEMENT CE MARIAGE !
JE NE PEUX PAS M'EMPÊCHER DE PENSER À CE PAUVRE GROS IDIOT. IL N'A AUCUNE IDÉE DU MALHEUR QUI L'ATTEND.
ET POURQUOI SERAIT-IL SI MALHEUREUX ? ILS N'ONT RIEN D'AUTRE À FAIRE QUE D'ATTENDRE LA MORT DU PAUVRE MR BENNET. ET ENSUITE ILS POURRONT TOUS NOUS METTRE À LA PORTE !
OH NON, JE PENSAIS JUSTE À VOIX HAUTE.
J'AI RÉPONDU TOUT DE SUITE À CAROLINE. PENSEZ-VOUS QU'ELLE M'ENVERRA UNE LETTRE CETTE SEMAINE ?
ME VOILÀ EN TRAIN DE COMPTER LE NOMBRE DE JOURS QUI ME SÉPARENT DES NOUVELLES DE MR BINGLEY. EST-CE QUE C'EST MAL, ELIZABETH ?
JE POURRAIS ENFILER MES BOTTES TABI ET ME GLISSER DANS SA CHAMBRE À LA FAVEUR DE LA NUIT.
JE POURRAIS PRENDRE PITIÉ DE SA MISÉRABLE CONDITION ET LUI ADMINISTRER LE BAISER DE LA PANTHÈRE.
MAIS J'AI DONNÉ MA PAROLE, ET MA PAROLE EST SACRÉE, JE N'INTERFÉRERAI PAS.
JE SUIS DÉSOLÉE, JANE, QUE DISIEZ-VOUS ?

RIEN MA SŒUR, RIEN.
JE VOIS QUE COLLINS REVIENT. IL SEMBLE QUE LES INNOMMABLES N'AIENT PAS PU RETOURNER SON ATTELAGE POUR NOUS.
JE N'AIME PAS LES VISITEURS QUAND MA SANTÉ EST FRAGILE, ET DE TOUS, LES FIANCÉS SONT LES GENS LES PLUS DÉSAGRÉABLES.
SANS MENTIONNER LA DOULEUR QUE RESSENT MA PAUVRE JANE, APRÈS AVOIR ÉTÉ TANT ABUSÉE PAR L'ABSENT MR BINGLEY !
VOUS AVEZ DONC LE CŒUR BRISÉ MA CHÈRE ? COMME VOTRE MÈRE VIENT DE LE DIRE, VOUS ÊTES TOTALEMENT BOULEVERSÉE ?
J'AI BESOIN DE TOUTE LA SAGESSE DE MAÎTRE LIU POUR RESTER SEREINE COMME IL SE DOIT.
OUI. LES PLAINTES DE VOTRE MÈRE N'EXIGENT PAS MOINS EN GÉNÉRAL.
IL EST TRÈS DIFFICILE DE PENSER QUE CHARLOTTE LUCAS DEVIENDRA UN JOUR LA MAÎTRESSE DE CETTE MAISON, QUE JE SERAI OBLIGÉE DE LUI LAISSER MA PLACE,
ET QUE JE VIVRAI POUR LA VOIR PRENDRE LA SIENNE ICI !
MA CHÈRE, NE VOUS LAISSEZ PAS ABSORBER PAR DES PENSÉES SI MOROSES, ESPÉRONS PLUTÔT QUE LES CHOSES S'ARRANGENT.
FLATTONS-NOUS PLUTÔT DE L'ESPOIR QUE MR COLLINS, QUI EST TOUJOURS PRÊT À PARLER DU PARADIS,
Y SOIT ENVOYÉ PAR UNE HORDE DE ZOMBIES AVANT QUE JE NE SOIS PLUS LÀ.
UNE LETTRE POUR VOUS, MADEMOISELLE.

ALORS ? EST-ELLE DE CAROLINE ? EST-CE QU'ELLE PARLE DE MR BINGLEY ?
EST-CE QUE, EST-CE QU'ELLE MENTIONNE MR DARCY ?
ELLE EST DE CAROLINE. ILS SONT TOUS INSTALLÉS À LONDRES POUR L'HIVER.
ELLE SE TERMINE SUR LES REGRETS DE SON FRÈRE DE N'AVOIR PAS EU LE TEMPS DE RENDRE VISITE À SES AMIS AVANT DE QUITTER LA RÉGION.
J'AI PEINE À TROUVER, SINON L'AFFECTION REVENDIQUÉE PAR L'AUTEUR, DE QUOI ME RÉCONFORTER.
L'ADMIRATION QU'INSPIRE MISS DARCY OCCUPE LA PLUS GRANDE PARTIE, CAROLINE S'ÉTEND SUR SES NOMBREUX CHARMES, ET SE FÉLICITE DE LEUR INTIMITÉ CROISSANTE.
MA CHÈRE JANE, VOUS ÊTES TROP GÉNÉREUSE ! VOUS AIMERIEZ TROUVER TOUT LE MONDE RESPECTABLE. LAISSEZ-MOI IMMÉDIATEMENT ALLER EN VILLE ET ME DÉBARASSER DE TOUTE CETTE CLIQUE.
IL Y A PEU DE GENS QUE J'AIME VRAIMENT, ET ENCORE MOINS DONT JE PENSE DU BIEN.
PLUS JE VOIS CE MONDE, ET MOINS IL ME SATISFAIT.
ET CHAQUE ZOMBIE CONFIRME MA FOI QUE DIEU NOUS A ABANDONNÉS POUR NOUS PUNIR DE CES DIABLES DE GENS QUE SONT LES MISS BINGLEY.
MA CHÈRE LIZZY, NE VOUS LAISSEZ PAS ENVAHIR PAR DE TELLES PENSÉES ! ELLES DÉTRUIRONT VOTRE BONHEUR !
POUR QUELQU'UN QUI PARLE SOUVENT DE SON CHER MAÎTRE, JE CRAINS QUE VOUS AYEZ OUBLIÉ UNE GRANDE PART DE SA SAGESSE.
JE NE PRÊTE AUCUNEMENT À BINGLEY DE MAUVAISES INTENTIONS. MAIS L'INSOUCIANCE, LE MANQUE D'ATTENTION AUX SENTIMENTS DES AUTRES ET LE MANQUE DE VOLONTÉ SONT DE GRAVES OFFENSES.

VOUS PERSISTEZ, ALORS, À SUPPOSER QUE SES SŒURS L'INFLUENCENT ?
POURQUOI S'Y RISQUERAIENT-ELLES ? ELLES NE PEUVENT QUE SOUHAITER SON BONHEUR. ET S'IL M'AIME, AUCUNE AUTRE FEMME NE POURRA LE RENDRE HEUREUX.
J'Y CROIS AU POINT DE VOUS PROPOSER DE LES FAIRE PÉRIR PAR MON ÉPÉE.
ELLES PEUVENT SOUHAITER BIEN D'AUTRES CHOSES QUE SON BONHEUR.
ELLES PEUVENT SOUHAITER QU'IL GAGNE EN RICHESSE ET EN CONSIDÉRATION.
ELLES PEUVENT SOUHAITER LE VOIR ÉPOUSER UNE JEUNE FILLE FORTUNÉE, INTRODUITE DANS LE MONDE ET AMBITIEUSE.
SANS AUCUN DOUTE ELLES SOUHAITENT LE VOIR ÉPOUSER MISS DARCY. ELLES LA CONNAISSENT DEPUIS PLUS LONGTEMPS QUE MOI, APRÈS TOUT.
MAIS QUELS QUE SOIENT LEURS SOUHAITS, IL EST FORT IMPROBABLE QU'ELLES SE SOIENT OPPOSÉES À CEUX DE LEUR FRÈRE.
VOUS ÊTES L'AÎNÉE, LA PREMIÈRE DES SŒURS BENNET. J'OBÉIRAI À VOS DÉSIRS.
VOTRE SŒUR EST UNE VICTIME DE L'AMOUR, LIZZY. CE QUE DÉSIRE LE PLUS AU MONDE UNE FEMME APRÈS LE MARIAGE, C'EST DE VIVRE UN CHAGRIN D'AMOUR DE TEMPS À AUTRE.
ÇA LUI DONNE UNE SORTE DE DISTINCTION PARMI SES AMIES. À QUAND VOTRE TOUR ? VOUS NE SUPPORTEREZ PAS LONGTEMPS DE VOUS LAISSER SURPASSER PAR JANE !
QUE WICKHAM DEVIENNE VOTRE MARI. IL EST PLAISANT ET POURRAIT VOUS APPRENDRE CETTE PARTIE MÉNAGÈRE DE LA VIE QUE VOUS AVEZ LAISSÉE DE CÔTÉ.
MERCI, MONSIEUR, MAIS JE SUIS PARFAITEMENT HEUREUSE D'ÊTRE LA PROMISE DE LA MORT.
NOUS N'ESPÉRONS PAS TOUS LE MÊME BONHEUR QUE JANE.

DÉCEMBRE.
MON CHER FRÈRE ! VOUS AVEZ PU VENIR !
BIEN SÛR, COMME À CHAQUE NOËL.
PUIS-JE VOUS DÉBARASSER, MRS GARDINER ?
MMM, ELIZABETH, JE SAIS QUE CE N'EST QUE PAR ALLIANCE, MAIS JE PRÉFÈRE QUE VOUS M'APPELIEZ TANTE ! AU DIABLE LES FORMALITÉS DANS LA FAMILLE !
ET MAINTENANT OÙ EST JANE ? JE VEUX ENTENDRE PARLER DE CET HOMME QU'ELLE PLEURE, ET QUELLE EST CETTE HISTOIRE SELON LAQUELLE VOUS AURIEZ REFUSÉ UNE PROPOSITION DE MARIAGE ?
CES CHOSES ARRIVENT SI SOUVENT. UN HOMME COMME MR BINGLEY S'ÉPREND FACILEMENT D'UNE JEUNE FILLE LE TEMPS DE QUELQUES SEMAINES.
ET QUAND UN INCIDENT VIENT À LES SÉPARER, LES OUBLIE TOUT AUSSI FACILEMENT.
NOTRE CAS EST DIFFÉRENT. MR BINGLEY S'EST LAISSÉ PERSUADER PAR LES SIENS D'OUBLIER UNE JEUNE FILLE...
... DONT IL ÉTAIT ÉPRIS AVEC VIOLENCE QUELQUES JOURS AUPARAVANT.
JE VOUS DEMANDE PARDON, MAIS DÉFINISSEZ CETTE VIOLENCE.
CELLE DES MOINES DE LA MONTAGNE DU DRAGON.
À CHAQUE FOIS QU'ILS SE RENCONTRAIENT, LEURS SENTIMENTS ÉCLATAIENT UN PEU PLUS À LA FACE DU MONDE.
PAUVRE JANE ! AVEC SA NATURE IL LUI FAUDRA DU TEMPS POUR S'EN REMETTRE. SI VOUS AVIEZ ÉTÉ À SA PLACE, LIZZY,
VOUS AURIEZ OUVERT LE VENTRE DE CE BINGLEY ET VOUS L'AURIEZ ÉTRANGLÉ AVEC SES PROPRES INTESTINS, JE SUPPOSE.

PENSEZ-VOUS QUE NOUS POURRIONS DÉCIDER JANE À VENIR À LONDRES AVEC NOUS ?
SOYEZ SÛRE QUE NOUS SORTONS SI PEU QU'IL EST FORT PEU PROBABLE QU'ILS SE RENCONTRENT, À MOINS QU'IL NE CHERCHE À LA VOIR.
C'EST UNE GRANDE IDÉE, MA TANTE ! ET RENCONTRER MR BINGLEY EST VRAIMENT CHOSE IMPOSSIBLE.
CAR IL EST SOUS LA GARDE DE SON AMI, ET MR DARCY NE LUI PERMETTRA CERTAINEMENT PAS D'ALLER RENDRE VISITE À JANE DANS LA SECTION 6 EST DE LONDRES !
J'AI CONNU MR WICKHAM, VOUS SAVEZ. IL Y A À PEU PRÈS DIX ANS J'AI PASSÉ DU TEMPS DANS SON COIN DU DERBYSHIRE.
NOUS AVONS DE NOMBREUSES RELATIONS EN COMMUN. MAIS VOUS ÊTES, LIZZY, UNE JEUNE FILLE TROP RAISONNABLE POUR VOUS ÉPRENDRE DE QUELQU'UN SIMPLEMENT PARCE QUE L'ON CHERCHE À VOUS EN DÉTOURNER.
JE ME MÉFIERAI DE MOI-MÊME COMME DE MR WICKHAM. IL NE TOMBERA PAS AMOUREUX DE MOI, SI JE PEUX L'ÉVITER.
JE SUIS UNE GUERRIÈRE, SURVIVANTE DES TRENTE-SIX CHAMBRES DE SHAOLIN, JE DÉTIENS LES ROULEAUX DE GAN XIAN TIAN.
JE NE CHERCHE PAS L'AMOUR, ET À PRÉSENT JE NE SUIS PAS AMOUREUSE DE MR WICKHAM.
BIEN QU'IL SOIT L'HOMME LE PLUS AGRÉABLE QUE J'AIE JAMAIS RENCONTRÉ, POUR SES MANIÈRES, SON CARACTÈRE COMME SON ART DU MOUSQUET.
EN SA COMPAGNIE, JE NE DEVRAI RIEN ESPÉRER. EN BREF, JE FERAI DE MON MIEUX.
PEUT-ÊTRE QUE CE SERAIT MIEUX SI VOUS LE DÉCOURAGIEZ DE VENIR ICI. TOUT AU MOINS NE SUGGÉREZ PAS À VOTRE MÈRE DE L'INVITER !
VENEZ, ALLONS PARLER À JANE DE SON VOYAGE À LONDRES APRÈS LES FÊTES.

LE MARIAGE DE MR ET MRS COLLINS.
JE PROMETS D'ÉCRIRE TANT QUE J'EN SERAI CAPABLE. J'ESPÈRE AVOIR DE VOS NOUVELLES TRÈS SOUVENT, ELIZA !
VOUS EN AUREZ. MAIS JE NE SAIS PAS COMBIEN DE TEMPS VOUS AVEZ. LA MALADIE NE SE VOIT PAS ENCORE.
CEPENDANT VOTRE PEAU A PRIS UNE LÉGÈRE PÂLEUR ET VOTRE MANIÈRE DE PARLER SEMBLE UN BRIN LABORIEUSE.
JE SUIS JUSTE FATIGUÉE, ELIZA. RIEN DE PLUS. MÊME SI J'AI BESOIN DE ME RAPPELER QU'IL FAUT MANGER AVEC UNE FOURCHETTE !
MON PÈRE ET MARIA VIENDRONT ME RENDRE VISITE À HUNSFORD EN MARS. VOUS CONSENTIREZ, JE L'ESPÈRE, À VOUS JOINDRE À NOUS.
PRENEZ-SOIN DE VOUS, ELIZABETH.
PRENEZ AUSSI SOIN DE VOUS QUE VOUS LE POUVEZ, CHÈRE CHARLOTTE.

FÉVRIER À LONGBOURN.
EST-CE UNE LETTRE DE JANE ? QUELLES NOUVELLES DE LONDRES ?
NON KITTY, C'EST UNE LETTRE DE CHARLOTTE. ELLE ÉCRIT POUR DIRE QU'ELLE S'INSTALLE, ET QUE LADY CATHERINE SE MONTRE AUSSI AIMABLE QU'OBLIGEANTE.
SON ÉCRITURE DÉFAILLANTE M'INQUIÈTE, CELA DIT.
MAIS NOUS AVONS REÇU UNE LETTRE DE JANE HIER. VOUS NE L'AVEZ PAS VUE ?
SI ÇA PEUT VOUS RAFRAÎCHIR LA MÉMOIRE, SA PREMIÈRE LETTRE DISAIT QU'ELLE AVAIT VU MISS BINGLEY DANS LA SECTION 4 CENTRAL ET QU'ELLE ÉTAIT SURPRISE D'Y RENCONTRER JANE.
ON DIRAIT QUE LA DERNIÈRE LETTRE DE JANE NE NOUS EST PAS PARVENUE. JANE EST UNE BONNE TUEUSE. MAIS UNE PIÈTRE PSYCHO-LOGUE, SURTOUT D'APRÈS LA LETTRE D'HIER.
APRÈS QUATRE SEMAINES À LONDRES, SANS VISITE DE MR BINGLEY, ET SEULEMENT UNE BRÈVE VISITE DE CAROLINE.
JE N'AI QU'UN DÉSIR : VOIR LES DERNIERS RUBIS DE CETTE MAUDITE FILLE TOMBER DE SON COU JUSQU'AU FOND DE SON CORSAGE.
AU MOINS JANE NE SERAIT PAS PLUS LONGTEMPS ABUSÉE, ET SE RECONCENTRERAIT SUR LE COMBAT. COMME NOUS LE DEVRIONS TOUS.
JE N'AI JAMAIS ÉTÉ AMOUREUSE, ET QUAND JE CONSIDÈRE UN HOMME COMME MR WICKHAM,
MES PENSÉES RETOURNENT À LA PROTECTION DE NOTRE ANGLETERRE BIEN-AIMÉE.
IL EST VRAI QU'IL N'Y A PAS DE PLUS HAUT BUT. EN FAIT LES SENTIMENTS DES JEUNES FEMMES SONT BIEN INSIGNIFIANTS EN COMPARAISON.
ET JE CROIS QUE LA COURONNE PRÉFÈRE M'AVOIR SUR SA LIGNE DE FRONT QUE DEVANT L'AUTEL.

MARS.
VOUS N'AVEZ RIEN À CRAINDRE, MISS BENNET ! ABANDONNEZ VOS ARMES ! NOUS NE SOMMES PLUS QU'À TROIS MILLES DES MURS DE LONDRES.
ET NOTRE COCHER A ENGAGÉ DEUX JEUNES GENS AVEC DES MOUSQUETS POUR L'ASSISTER SI NOUS DEVIONS RENCONTRER CERTAINS...
INNOMMABLES ? JE SUIS BIEN PLUS QUE CAPABLE DE VOUS DÉFENDRE VOUS ET VOTRE FILLE SI QUOI QUE CE SOIT ADVENAIT, SIR WILLIAM.
SCREECH
MAIS QUE...
OH NON !
DES ZOMBIES !
DES CENTAINES DE ZOMBIES !

AIIEEE!!!
BLAM
CRUNCH
RESTEZ OÙ VOUS ÊTES SIR WILLIAM.
FAITES PLACE AUX EXPERTS.
AIDEZ-MOI, JE NE PEUX PAS ME DÉGAGER !
JE NE VEUX PAS ÊTRE MORDU !
AAIIIEEE!!!
SHUNK
ÉTAIT-CE VRAIMENT NÉCESSAIRE ?
S'IL L'AVAIT MORDU, IL SERAIT MORT.
IL A PERDU SA JAMBE, MAIS IL EST TOUJOURS EN VIE.

GRUURRGHHHH
HAII!!!
BLAM
CRUNCH
SWISH
CHUNK
CHUNK
CHUNK

GRURGHHH
CHO!
CRACK
BLAM
ILS SONT TROP NOMBREUX POUR QUE JE PUISSE TOUS LES TUER SEULE.
ALORS ACCROCHEZ-VOUS, NOUS ALLONS NOUS SORTIR DE LÀ !
CAP SUR LONDRES !

LONDRES.
À VRAI DIRE, ELIZABETH, CE JEUNE HOMME EST MORT.
TROUVEZ-VOUS CORRECT D'ABANDONNER SON CORPS SUR LA ROUTE ?
C'EST JUSTE QUE, EH BIEN, ÇA LAISSE DE VILAINES TRACES.
LIZZY ! JE SUIS SI HEUREUSE QUE VOUS AYEZ PU VENIR ! MAIS POURQUOI CONDUISEZ-VOUS CETTE VOITURE ?
DES INNOMMABLES NOUS ONT ATTAQUÉS. JE N'EN AI JAMAIS VU AUTANT ATTAQUER UN SIMPLE ATTELAGE.
COMMENT VA-T-ELLE ?
ELLE ESSAIE DE SE DOMINER MAIS ELLE A DES MOMENTS D'ABATTEMENT.
NÉANMOINS, ON DIRAIT QU'ELLE A RENONCÉ À SA RELATION AVEC MISS BINGLEY, CE QUI EST CERTAINEMENT UNE TRÈS BONNE CHOSE.
MAIS VENEZ À L'INTÉRIEUR ! JE SAIS QUE NOUS SOMMES SEULEMENT UNE ÉTAPE SUR VOTRE ROUTE POUR HUNSFORD.
ALORS LAISSEZ-MOI VOUS PARLER D'UN VOYAGE D'AGRÉMENT QUE NOUS ENTENDONS FAIRE AU NORD, AUSSI LOIN PEUT-ÊTRE QUE LA RÉGION DES LACS, L'ANNÉE PROCHAINE ! ET BIEN ÉVIDEMMENT VOUS ÊTES CORDIALEMENT INVITÉE ! QUEL PLAISIR !
QUELLE JOIE ! VOUS ME REDONNEZ VIE ET VIGUEUR !
ADIEU SPLEEN ET DÉCEPTIONS, QUE SONT LES JEUNES HOMMES DEVANT LES ROCHERS ET LES MONTAGNES !

LE PRESBYTÈRE, ROSINGS PARK, HUNSFORD.
C'EST SI BEAU !
ET ON N'A MENTIONNÉ AUCUN ZOMBIE À HUNSFORD DEPUIS DES ANNÉES !
C'EST LE FAIT DE LADY CATHERINE, VOUS SAVEZ.
C'EST UNE SI GRANDE TUEUSE, QUE MÊME LES CONTAMINÉS N'OSENT PAS S'AVENTURER PRÈS DE SA MAISON.
AH ! NOS INVITÉS SONT LÀ ! SOYEZ LES BIENVENUS AU PRESBY-TÈRE, MISS BENNET !
REGARDEZ LA BELLE MAISON DONT JOUIT MA FEMME !
EWIZ... BETH... AMI...
MON DIEU, PERSONNE NE REMARQUE QUE CHARLOTTE EST AUX TROIS QUARTS MORTE ?
VOUS SEREZ RAVI D'APPRENDRE QUE LADY CATHERINE DE BOURGH EST TOUJOURS DANS LA RÉGION.
VOUS LA VERREZ DIMANCHE PROCHAIN À L'ÉGLISE, ET INUTILE D'AJOUTER QU'ELLE VOUS ENCHANTERA.
LADY CATHERINE FEMME TRÈS RESPEC-TABLE... TRÈS RAISONNABLE.
ET TRÈS ATTENTIVE VOI-ZZZINE.
SI LADY CATHERINE EST LA PLUS GRANDE DES TUEUSES DE ZOMBIES...
COMMENT LA DÉTÉRIORATION DE L'ÉTAT DE CHARLOTTE A-T-IL PU LUI ÉCHAPPER ?

PLUS TARD
ELIZA ! VENEZ VOIR, LA CHOSE VAUT LE COUP D'ŒIL ! DÉPÊCHEZ-VOUS !
EST-CE TOUT ? JE M'ATTENDAIS À UNE DOUZAINE D'INNOMMABLES.
ET JE NE VOIS RIEN D'AUTRE QUE LADY CATHERINE ET SA FILLE.
ENFIN ! MA CHÈRE, CE N'EST PAS LADY CATHERINE ! LA FEMME ÂGÉE EST MRS JENKINSON, QUI VIT AVEC ELLES, L'AUTRE EST MISS DE BOURGH.
REGARDEZ-LA, ELLE EST SI FRÊLE ! QUI AURAIT PU LA CROIRE SI MINCE ET SI CHÉTIVE ?
SON ALLURE ME PLAÎT, ELLE A L'AIR MAUSSADE ET MALADIVE.
OUI, ELLE CONVIENDRA TRÈS BIEN À MR DARCY. ELLE FERA POUR LUI UNE EXCELLENTE ÉPOUSE.
NOUS AVONS UNE GRANDE CHANCE, MISS BENNET ! NOUS SOMMES TOUS INVITÉS À DÎNER À ROSINGS DEMAIN !
MUURRRGGHHH
REGARDEZ ! CHARLOTTE DÉBORDE D'ENTHOUSIASME !

LE JOUR SUIVANT.
NE VOUS FAITES PAS DE SOUCI, MA CHÈRE COUSINE, AU SUJET DE VOTRE TOILETTE.
CE N'EST PAS VOTRE ACCOUTREMENT MODESTE QUI DONNERA DE VOUS UNE MOINS BONNE OPINION À LADY CATHERINE.
DE LA MÊME MANIÈRE QU'ELLE NE SE MOQUERA PAS DE VOS COMPÉTENCES DE GUERRIÈRE TRÈS EN DESSOUS DES SIENNES.
LE SPECTACLE DE TANT DE SALONS, TANT DE DOMESTIQUES, SANS PARLER DE LA GARDE PERSONNELLE DE VINGT-CINQ NINJAS DE SA GRÂCE AJOUTERA TANT À LA MAGNIFICENCE DU DÎNER QUE VOUS SERIEZ TROP ÉBLOUIS SI VOUS N'ÉTIEZ PAS PRÉPARÉS.
ÊTES-VOUS NERVEUSE, MA COUSINE ?
JE SUIS SUR LE POINT DE RENCONTRER UNE FEMME QUI A ABATTU QUATRE-VINGT-DIX AFFREUX, ARMÉE SEULEMENT D'UNE ENVELOPPE MOUILLÉE.
POURQUOI VOULEZ-VOUS QUE JE SOIS NERVEUSE, CHER COUSIN.
MES AMIS, J'AI L'IMMENSE PLAISIR DE VOUS PRÉSENTER...
... LADY CATHERINE DE BOURGH ET SA FILLE ANNE !
BIENVENUE À TOUS.
BIENVENUE À ROSINGS. VOUS ÊTES EN SÉCURITÉ ICI.

MR COLLINS M'A DIT QUE VOUS AVIEZ ÉTÉ FORMÉE AUX ARTS DU COMBAT, MISS BENNET.
UN JOUR OU L'AUTRE JE SERAIS HEUREUSE DE VOUS VOIR VOUS EXERCER AVEC L'UN DE MES NINJAS. EST-CE QUE VOS SŒURS ONT ÉTÉ ENTRAÎNÉES DE LA MÊME MANIÈRE ?
NOUS L'AVONS TOUTES ÉTÉ, MÊME SI NOUS N'EN SOMMES PAS À LA MOITIÉ DU CHEMIN QUE VOTRE GRÂCE A PARCOURU.
NOUS AVONS ÉTÉ FORMÉES EN CHINE PAR MAÎTRE LIU.
CES MOINES DE SHAOLIN VENDRAIENT ENCORE LEUR KUNGFU MALADROIT AUX ANGLAIS ?
SI VOTRE PÈRE AVAIT EU PLUS DE FORTUNE, IL VOUS AURAIT MENÉES AU JAPON, À KYOTO.
TENEZ, UTILISEZ LA CUILLÈRE, CHARLOTTE.
MALHEUREUSEMENT MON PÈRE DÉTESTE LE JAPON. C'EST POURQUOI NOUS N'AVONS PAS DE NINJAS NON PLUS.
PAS DE NINJAS ? COMMENT EST-CE POSSIBLE ? AINSI QUI VOUS A PROTÉGÉE LORS DE VOTRE PREMIER COMBAT ?
SANS NINJAS, J'IMAGINE UN BIEN TRISTE SPECTACLE.
PAS DU TOUT, LADY CATHERINE. NOUS SOMMES UNE FAMILLE, ET QUAND VOUS AVEZ UNE FAMILLE QUI COMBAT À VOS CÔTÉS,
VOUS N'AVEZ PAS BESOIN DE VOUS REPOSER SUR DES EMPLOYÉS, À MOINS QUE VOUS NE DEVENIEZ COMPLAISANTS, VOUS NE PENSEZ PAS ?
JE VOUS DE-MÔOODE PARRR-DÔ, VOTRE RRRRACE.
VENEZ, CHARLOTTE, LAISSEZ-MOI VOUS AIDER.
SI J'AI LA PERMISSION DE SA GRÂCE.
ÉVIDEMMENT. PEUT-ÊTRE NOUS DIVERTIREZ-VOUS APRÈS LE DÎNER AVEC UNE DÉMONSTRATION ?
UNE SESSION AVEC MES NINJAS ?
J'EN SERAI RAVIE, LADY CATHERINE.
"CATHERINE LA GRANDE", DONC. J'AURAIS DÛ LUI TRANCHER LA GORGE POUR L'OFFENSE QU'ELLE VOUS A FAITE, MAÎTRE LIU.

LE GRAND DOJO !
ON DIT QUE LADY CATHERINE A PAYÉ POUR QU'ON LUI APPORTE DE KYOTO, BRIQUE PAR BRIQUE, À DOS DE PAYSANS !
MA CHÈRE ENFANT, JE VOUS CONSEILLE DE PRENDRE CE COMBAT AU SÉRIEUX.
MES NINJAS NE VOUS TÉMOIGNERONT AUCUNE PITIÉ.
MOI NON PLUS, VOTRE GRÂCE.
MISS BENNET, JE VOUS RAPPELLE QUE VOUS MANQUEZ D'UNE INSTRUCTION DIGNE DE CE NOM DANS LES ARTS DU COMBAT. VOTRE MAÎTRE ÉTAIT UN MOINE CHINOIS.
CES NINJAS VIENNENT DES MEILLEURS DOJOS DU JAPON.
SI MA TECHNIQUE EST VRAIMENT INFÉRIEURE, ALORS NOUS ÉPARGNERONS À VOTRE GRÂCE LE DÉSAGRÉMENT DE NOUS REGARDER TROP LONGTEMPS.
SHRIPP
TROIS CONTRE UN, HÉ ? J'AI BESOIN D'UN HANDICAP SI VOUS VOULEZ QUE LE COMBAT SOIT ÉQUITABLE.
TRÈS BIEN,
QUI VIENT D'ABORD ?
HAA !!!

SWIISH
CHO!
HRRKKK --
TWIP
TWIP
TWIP
TWIP
THUNK
THUNK
THUNK
AAIIEEE!!!
SHUNK

SWISH
SI VOUS CRIEZ, JE SAIS OÙ VOUS ÊTES !
CHO !
CHUNK
AARGHH!
CRUNCH
J'AI GOÛTÉ BIEN DES CŒURS...
MAIS SI JE PEUX ME PERMETTRE, JE DIRAI QUE CES JAPONAIS-LÀ SONT UN PEU TENDRES !

DEUX SEMAINES PLUS TARD.
MR DARCY ! C'EST VRAIMENT MERVEILLEUX DE VOUS REVOIR !
JE SAIS QUE VOTRE TANTE A ATTENDU VOTRE VISITE AVEC UNE GRANDE HÂTE !
MERCI MR ... COLLINS ? C'EST BIEN ÇA ?
BÔ-JÔR MÔSIEUR DÔR-CI
PUIS-JE VOUS PRÉSENTER MON AMI LE COLONEL FITZWILLIAM. IL M'ACCOMPAGNE.
ET BONJOUR À VOUS AUSSI, MRS COLLINS. L'ATMOSPHÈRE, HUM, VOUS FAIT DU BIEN ICI SEMBLE-T-IL.
ET MISS BENNET, LONDRES M'A PARU BIEN TERNE SANS VOUS OU VOTRE FAMILLE LÀ-BAS.
MA SŒUR AÎNÉE ÉTAIT À LONDRES CES TROIS DERNIERS MOIS.
NE L'AVEZ-VOUS JAMAIS RENCONTRÉE LÀ-BAS ?
MMM... NON, MISS BENNET, JE N'AI JAMAIS EU LA CHANCE DE LA CROISER EN VILLE.
ON DIRAIT QUE LES TECHNIQUES DE CAMOUFLAGE DE MA SŒUR SONT SI AVANCÉES QU'ELLE EST COMME UN FANTÔME À LONDRES,
IGNORÉE PAR BEAUCOUP DE GENS QU'ELLE A AUTREFOIS APPELÉ SES AMIS, ET QUI MANIFESTEMENT NE LA VOIENT PAS LÀ-BAS.

EH BIEN, J'AI TOUJOURS TROUVÉ QUE LA MEILLEURE MANIÈRE DE TUER UN INNOMMABLE ÉTAIT DE LUI TRANCHER LA TÊTE AVEC UN SABRE DE CAVALERIE.
C'EST JUSTE. BIEN QUE JE TROUVE QU'UN KATANA BIEN AIGUISÉ FASSE ENCORE MIEUX L'AFFAIRE.
QUE DITES-VOUS FITZWILLIAM ? DE QUOI PARLEZ-VOUS ?
QUE RACONTEZ-VOUS MISS BENNET ? LAISSEZ-MOI ENTENDRE DE QUOI IL S'AGIT !
NOUS PARLONS DES ARTS DU COMBAT, MADAME.
DES ARTS DU COMBAT ! ALORS JE VOUS EN PRIE, PARLEZ PLUS HAUT ! CE SUJET M'INTÉRESSE ! IL Y A BIEN PEU DE GENS EN ANGLETERRE, JE SUPPOSE, QUI S'Y ADONNENT AVEC UNE PLUS GRANDE DISPOSITION NATURELLE QUE MOI.
SI LA SANTÉ D'ANNE LE LUI AVAIT PERMIS, ELLE AURAIT ÉTÉ UNE AUSSI BONNE TUEUSE QUE MOI !
COMMENT GEORGIANA SE DÉBROUILLE-T-ELLE À L'ENTRAÎNEMENT, DARCY ?
OH, ELLE EST TRÈS DOUÉE AVEC LES LAMES, LES POINGS, ET AU FUSIL BROWN BESS.
JE VOUS GARANTIS QU'ELLE N'A BESOIN D'AUCUN CONSEIL, ET QU'ELLE S'EXERCE AVEC CONSTANCE.
TANT MIEUX, ELLE NE PEUT EN FAIRE TROP ET J'AI DIT BIEN DES FOIS À MISS BENNET QU'ELLE NE M'ARRIVERAIT JAMAIS À LA CHEVILLE SI ELLE NE S'ENTRAÎNAIT PAS PLUS.
N'OUBLIEZ PAS MISS BENNET : VOUS AVEZ PROMIS DE NOUS PROUVER LA FORCE CONSIDÉRABLE DE VOTRE DOIGT.

ET VOILÀ, ELIZA, CE LÉGER FIL METTRA VOTRE PUDEUR À L'ABRI UNE FOIS LA TÊTE EN BAS.
SOUHAITEZ-VOUS M'EFFRAYER, MR DARCY, EN TRAVERSANT TOUTE LA RÉGION POUR ME VOIR !
CHAQUE TENTATIVE D'INTIMIDATION NE FAIT QU'AFFERMIR MON COURAGE !
SI JE ME VENGE, VOUS RISQUEZ DES RÉVÉLATIONS CAPABLES DE CHOQUER VOTRE ENTOURAGE !
SUR UN SEUL DOIGT ! C'EST INCROYABLE !
VOUS NE ME FAITES PAS PEUR.
JE L'AI RENCONTRÉ POUR LA PREMIÈRE FOIS DANS UN BAL OÙ LES GENTLEMEN SE FAISAIENT RARES.
ET IL N'A DANSÉ QUE QUATRE FOIS.
JE N'AVAIS PAS EU L'HONNEUR D'ÊTRE PRÉSENTÉ À D'AUTRES DAMES QUE CELLES AVEC QUI J'ÉTAIS VENU.
CERTES, ET ON NE PEUT RENCONTRER PERSONNE DANS UNE SALLE DE BAL...
MISS BENNET POURRAIT TENTER LA FIGURE DE LA GRIFFE DU LÉOPARD
SI ELLE S'ENTRAINAIT PLUS OU SI ELLE PRENAIT SES LEÇONS D'UN MAÎTRE JAPONAIS.
ELLE A DU DOIGTÉ.
EN EFFET, MA TANTE.

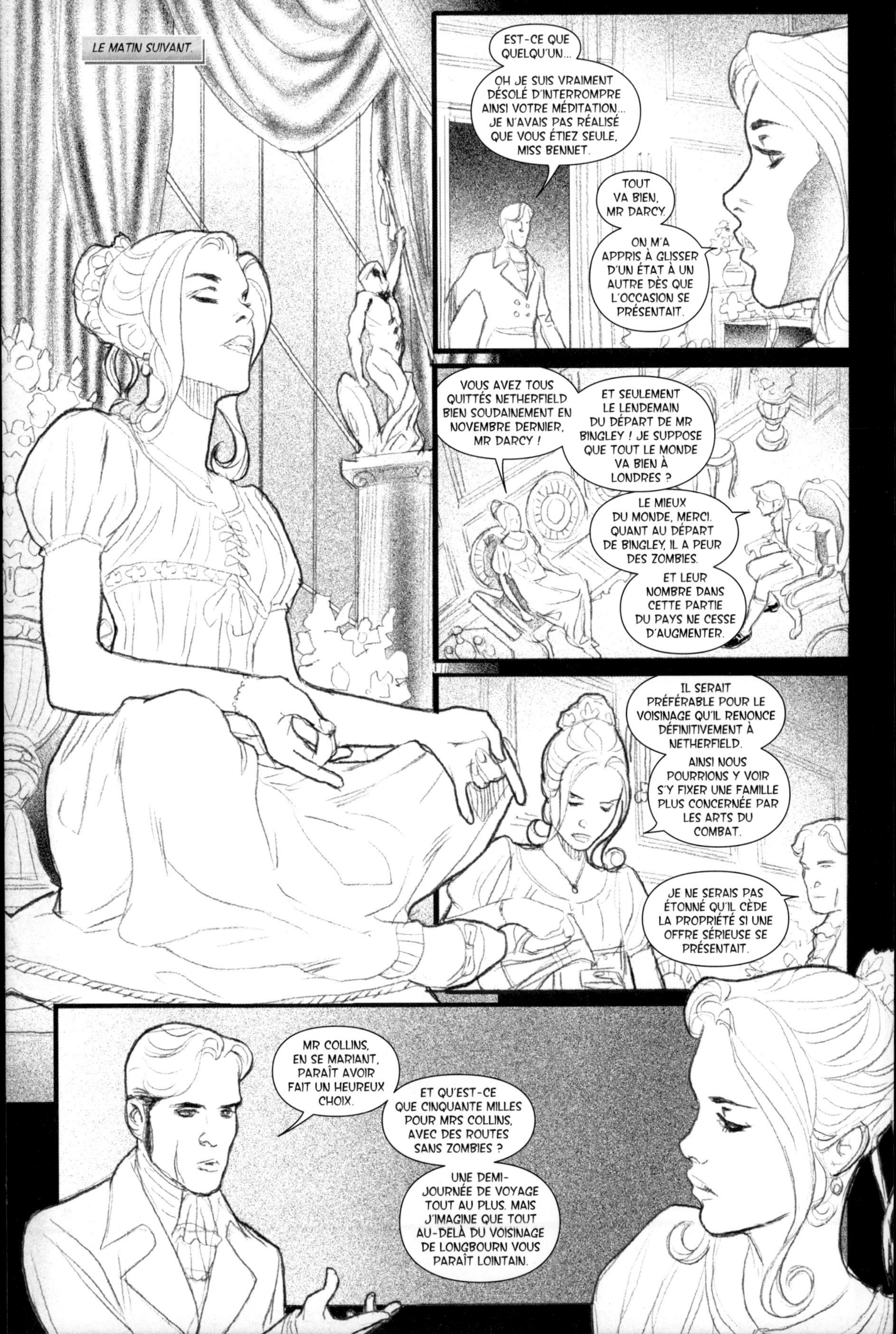

LE MATIN SUIVANT.
EST-CE QUE QUELQU'UN...
OH JE SUIS VRAIMENT DÉSOLÉ D'INTERROMPRE AINSI VOTRE MÉDITATION... JE N'AVAIS PAS RÉALISÉ QUE VOUS ÉTIEZ SEULE, MISS BENNET.
TOUT VA BIEN, MR DARCY.
ON M'A APPRIS À GLISSER D'UN ÉTAT À UN AUTRE DÈS QUE L'OCCASION SE PRÉSENTAIT.
VOUS AVEZ TOUS QUITTÉS NETHERFIELD BIEN SOUDAINEMENT EN NOVEMBRE DERNIER, MR DARCY !
ET SEULEMENT LE LENDEMAIN DU DÉPART DE MR BINGLEY ! JE SUPPOSE QUE TOUT LE MONDE VA BIEN À LONDRES ?
LE MIEUX DU MONDE, MERCI. QUANT AU DÉPART DE BINGLEY, IL A PEUR DES ZOMBIES.
ET LEUR NOMBRE DANS CETTE PARTIE DU PAYS NE CESSE D'AUGMENTER.
IL SERAIT PRÉFÉRABLE POUR LE VOISINAGE QU'IL RENONCE DÉFINITIVEMENT À NETHERFIELD.
AINSI NOUS POURRIONS Y VOIR S'Y FIXER UNE FAMILLE PLUS CONCERNÉE PAR LES ARTS DU COMBAT.
JE NE SERAIS PAS ÉTONNÉ QU'IL CÈDE LA PROPRIÉTÉ SI UNE OFFRE SÉRIEUSE SE PRÉSENTAIT.
MR COLLINS, EN SE MARIANT, PARAÎT AVOIR FAIT UN HEUREUX CHOIX.
ET QU'EST-CE QUE CINQUANTE MILLES POUR MRS COLLINS, AVEC DES ROUTES SANS ZOMBIES ?
UNE DEMI-JOURNÉE DE VOYAGE TOUT AU PLUS. MAIS J'IMAGINE QUE TOUT AU-DELÀ DU VOISINAGE DE LONGBOURN VOUS PARAÎT LOINTAIN.

MONSIEUR, VOUS OUBLIEZ, QUE JE SUIS ALLÉE DEUX FOIS EN ORIENT.
ET QU'AU COURS DE CE VOYAGE ABOMINABLEMENT LONG, COMME VOUS LE SAVEZ, ON RENCONTRE PLÉTHORE D'OURS.
JE VOUS ASSURE QUE MON IMAGE DU MONDE EST UN PEU PLUS ÉTENDUE QUE LONGBOURN !
JE VOUS DEMANDE PARDON.
ÊTES-VOUS SATISFAITE DES NOUVELLES DE SHEFFIELD ? DE CETTE VICTOIRE DE L'ARMÉE CONTRE LES INNOMMABLES ?
OH... JE N'IMAGINAIS PAS QUE NOUS ALLIONS VOUS INTERROMPRE...
PAS DU TOUT MESDAMES, JE NE FAISAIS QUE PASSER.
ET MAINTENANT JE DOIS ME RETI-RER, MA TANTE M'ATTEND.
KESS ÇA VÔLOIR DIRE ?
MÔ CHÈRE EZIZA, LUI AIME TÔA PÔRCE QUE LUI JAMAIS PARLER CÔM ÇA !
JE NE SAIS PAS POURQUOI IL EST ICI, ÇA NE PEUT PAS ÊTRE PAR CIVILITÉ.
IL PASSE PARFOIS PLUS DE DIX MINUTES À MES CÔTÉS SANS DESSERRER LES LÈVRES !
ET LORSQU'IL LES DESSERRE, IL SEMBLE QUE CELA SOIT PAR DEVOIR PLUS QUE PAR PLAISIR.

JE SUIS D'ACCORD, ET IL NE PARAÎT JAMAIS VRAIMENT ANIMÉ.
MÊME À LA VUE DE CHARLOTTE QUI MORD SA PROPRE MAIN.
VOUS SAVEZ QUE MA SŒUR, PLEINE DE SOLLICITUDE, AIMERAIT CROIRE QUE CE CHANGEMENT D'ÉTAT EST LE RÉSULTAT DE L'AMOUR
ET QUE VOUS ÊTES L'OBJET DE CET AMOUR.
MARIA, CE QU'IL RESTE DE VOTRE SŒUR PASSE PLUS DE TEMPS À PENSER À LA SENSATION CHAUDE ET DÉLICIEUSE DE MORDRE DANS UN CERVEAU FRAIS, QU'À L'AMOUR.
ET QUAND ELLE PENSE À MR DARCY,
C'EST PLUS DANS L'IDÉE DE MÂCHER SON CERVEAU COMME SI C'ÉTAIT UN CHOU-FLEUR SALÉ N'EST-CE PAS CHARLOTTE ?
CERVELLES.
CÔLÔLEL FITZZZAM BÔ BON MÔSIEUR MAIS DARCY PLUS GÔSSE TÊTE...
PLUS CERVELLES À MÔGER.

LE PARC DE ROSINGS.
QUITTEZ-VOUS LE KENT DIMANCHE, COLONEL FITZWILLIAM ?
OUI, SI DARCY NE REMET PAS À NOUVEAU NOTRE DÉPART. JE SUIS ICI À SA DISPOSITION.
ET IL ARRANGE TOUT À SA GUISE. COMME NOUS AIMERIONS TOUS POUVOIR LE FAIRE.
EN TANT QUE FILS CADET D'UN COMTE, JE N'AI PAS SOUFFERT DE GRANDES DIFFICULTÉS DANS MA VIE.
J'AI NÉANMOINS SOUFFERT D'UN CERTAIN MANQUE D'ARGENT. LES CADETS DOIVENT SERVIR DANS L'ARMÉE ROYALE, COMME VOUS LE SAVEZ.
MAIS J'IMAGINE QU'EN TANT QUE FILS CADET D'UN COMTE, VOUS N'AVEZ PAS DÛ BEAUCOUP VOUS TROUVER SUR LA LIGNE DE FRONT.
BIEN AU CONTRAIRE, MISS BENNET.
J'AVAIS PERÇU CHEZ VOUS UN HANDICAP MAIS JAMAIS...
... JE N'AURAI IMAGINÉ QUE VOTRE COUSIN VOUS AURAIT FAIT VENIR SEULEMENT DANS L'IDÉE D'AVOIR QUELQU'UN À SA DISPOSITION !
NOUS SOMMES PLUS QUE CELA. NOUS SOMMES LES TUTEURS DE SA SŒUR, MISS DARCY.
MAIS JE LUI SUIS REDEVABLE. AUTANT QUE SON AMI BINGLEY.

REDEVABLE ? QU'EST-CE À DIRE ?
ON M'A CONFIÉ LES SECRETS DE L'ORIENT. JE PENSE QUE VOUS POUVEZ ME FAIRE CONFIANCE À CE SUJET.
NON, NON CE N'EST RIEN.
ON M'A JUSTE DIT QU'IL AVAIT SAUVÉ UN AMI DES DANGERS D'UN MARIAGE DES PLUS IMPRUDENTS L'ÉTÉ DERNIER !
VRAIMENT. EST-CE QUE MR DARCY VOUS A EXPLIQUÉ LES RAISONS DE SON INTERVENTION ?
EH BIEN... J'AI COMPRIS QU'IL Y AVAIT DE TRÈS FORTES OBJECTIONS CONTRE LA JEUNE FILLE.
JE PENSE À CE QUE VOUS VENEZ DE ME DIRE
ET LA CONDUITE DE VOTRE COUSIN NE ME CONVIENT PAS. BONNE JOURNÉE À VOUS, MONSIEUR.
ATTENDEZ, JE SUIS DÉSOLÉ SI...
DE TRÈS FORTES OBJECTIONS ! IL S'EST INTERPOSÉ ENTRE MR BINGLEY ET MA CHÈRE JANE !
QUE PEUT-ON REPROCHER À JANE ? ELLE N'EST QUE CHARME ET BONTÉ !
JE TIENDRAI DANS MA MAIN LE CŒUR DE MR DARCY – ENCORE BATTANT –
AVANT D'AVOIR À QUITTER LE KENT.

JE POURRAIS ALLER CHERCHER MON KATANA. JE POURRAIS LE TUER MAINTENANT.
NON, JE VAIS PLUTÔT ME CHANGER LES IDÉES.
AH, VOUS VOILÀ, MISS BENNET. J'ESPÈRE QUE VOUS ALLEZ BIEN.
PASSONS, J'AI QUELQUE CHOSE À VOUS DIRE.
MR DARCY, ICI, ET MOI SANS ARME.
PEUT-ÊTRE POURRIEZ-VOUS ATTENDRE QUE JE M'EN PROCURE UNE ?
EN VAIN AI-JE LUTTÉ. RIEN N'Y FAIT. JE NE PUIS RÉPRIMER MES SENTIMENTS.
LAISSEZ-MOI VOUS DIRE...
AVEC QUELLE FORCE JE VOUS ADMIRE ET JE VOUS AIME.
JE SAIS QUE BEAUCOUP VOUS CONSIDÈRENT INFÉRIEURE, IL Y A EU DE NOMBREUX OBSTACLES DE FAMILLE.
MAIS POURTANT JE NE PEUX PAS VAINCRE LE SENTIMENT QUI M'ATTACHE À VOUS, ET J'AI AINSI L'ESPOIR QUE VOUS M'ACCORDEREZ VOTRE MAIN.

EN DES CIRCONSTANCES COMME CELLES-CI, JE CROIS...
KRAK
... QU'IL EST D'USAGE D'EXPRIMER DE LA RECONNAISSANCE POUR LES SENTIMENTS DONT ON VIENT D'ENTENDRE L'AVEU.
THUMP
MÊME S'ILS NE SONT PAS RÉCIPROQUES.
ET SI JE POUVAIS ÉPROUVER DE LA GRATITUDE, JE VOUS REMERCIERAIS !
CRASH
MAIS JE NE LE PUIS PAS. JE N'AI JAMAIS RECHERCHÉ VOTRE AFFECTION, ET C'EST CERTES TRÈS À CONTRE-CŒUR QUE VOUS ME LA DONNEZ.
AVANT QUE VOUS NE FRANCHISSIEZ LE SEUIL DE CETTE PIÈCE, MONSIEUR, J'AVAIS RÉSOLU DE VOUS ABATTRE.
MON HONNEUR, NON, CELUI DE MA FAMILLE, N'EXIGE PAS UNE MOINDRE RÉPARATION.

CRASH
PUIS-JE SAVOIR, DU MOINS, POURQUOI VOUS ME REPOUSSEZ AVEC DES FORMES QUE N'ATTÉNUE AUCUN EFFORT DE POLITESSE ?
COMMENT POURRAIS-JE ACCEPTER UN HOMME QUI A RUINÉ, PEUT-ÊTRE POUR TOUJOURS,
LE BONHEUR D'UNE SŒUR QUE J'AIME PROFONDÉMENT.
THUMP
J'AI TOUTES LES RAISONS DU MONDE DE ME FAIRE UNE TRISTE OPINION DE VOUS.
POUVEZ-VOUS NIER VOTRE RESPONSABILITÉ DANS CE DÉSASTRE ?
WHACK
JE N'AI AUCUNE INTENTION DE NIER QUE J'AI FAIT TOUT CE QUE J'AI PU POUR SÉPARER MON AMI DE VOTRE SŒUR.
NI QUE JE ME SUIS RÉJOUI D'Y AVOIR RÉUSSI. J'AI ÉTÉ POUR LUI PLUS RAISONNABLE QUE POUR MOI-MÊME.
CECI N'EST PAS LA SEULE RAISON DE MON ANTIPATHIE.
VOTRE CARACTÈRE M'A ÉTÉ RÉVÉLÉ PAR MR WICKHAM IL Y A QUELQUES MOIS, ALORS QU'IL ME CONTAIT SON INFORTUNE.
SON INFORTUNE ?

SON INFORTUNE EST GRANDE EN VÉRITÉ !
SWICH
C'EST VOUS QUI L'AVEZ RÉDUIT À LA PAUVRETÉ !
C'EST VOUS QUI L'AVEZ FRUSTRÉ D'AVANTAGES QUE VOUS LUI SAVIEZ DESTINÉS !
ALORS, VOILÀ L'OPINION QUE VOUS AVEZ DE MOI ?
VOILÀ LE PRIX QUE VOUS ME DONNEZ ? JE VOUS REMERCIE DE L'AVOIR EXPRIMÉ SI PLEINEMENT.
SOUS QUELQUE FORME QUE SE FÛT PRODUITE VOTRE DEMANDE, JAMAIS JE N'AURAIS EU LA TENTATION DE L'AGRÉER.
IL N'Y AVAIT PAS UN MOIS QUE JE VOUS CONNAISSAIS ET DÉJÀ JE SENTAIS QUE VOUS ÉTIEZ LE DERNIER HOMME AU MONDE QUE JE CONSENTIRAIS À ÉPOUSER.
VOUS EN AVEZ DIT ASSEZ, MADEMOISELLE. JE COMPRENDS PARFAITEMENT VOS SENTIMENTS ET IL NE ME RESTE PLUS QU'À AVOIR HONTE DES MIENS.
PARDONNEZ-MOI D'AVOIR ABUSÉ DE VOTRE TEMPS ET ACCEPTEZ MES MEILLEURS VŒUX POUR VOTRE SANTÉ ET VOTRE BONHEUR.
CLAC

LE MATIN SUIVANT.
MISS BENNET...
JE ME PROMENAIS DANS LE BOSQUET DEPUIS QUELQUE TEMPS DANS L'ESPOIR DE VOUS RENCONTRER...
VOULEZ-VOUS ME FAIRE L'HONNEUR DE LIRE CETTE LETTRE ?
Rosings, huit heures du matin
Ne soyez pas alarmée,
mademoiselle, en recevant
cette lettre, mais vous m'
Rosings, huit heures du matin
Ne soyez pas alarmÈe mademoiselle, en recevant cette lettre, mais vous míavez chargÈ hier soir de deux accusations.
"LA PREMIÈRE EST QUE J'AI DÉTACHÉ MR BINGLEY DE VOTRE SŒUR."
"ET LA SECONDE, QUE J'AI RUINÉ L'AVENIR ET LA PROSPÉRITÉ DE MR WICKHAM."

"JE N'ÉTAIS PAS DEPUIS LONGTEMPS EN HERTFORDSHIRE LORSQUE JE M'APERÇUS AVEC D'AUTRES QUE BINGLEY AVAIT DISTINGUÉ VOTRE SŒUR ENTRE TOUTES LES JEUNES FILLES DU VOISINAGE."
"MAIS C'EST SEULEMENT LORSQU'ELLE EST TOMBÉE MALADE À NETHERFIELD QUE JE COMMENÇAI À REDOUTER QU'ELLE AIT ÉTÉ CONTAMINÉE PAR L'ÉTRANGE FLÉAU."
"ALORS JE ME SUIS EMPLOYÉ À FREINER L'AFFECTION DE BINGLEY, POUR LUI ÉPARGNER LA DOULEUR DE VOIR VOTRE SŒUR SUCCOMBER."
"LES SEMAINES SE TRANSFORMAIENT EN MOIS, ET J'AI COMMENCÉ À REMETTRE EN CAUSE MES OBSERVATIONS. POURQUOI N'ÉTAIT-ELLE PAS ENCORE DEVENUE UN ZOMBIE ?"
"EST-CE QUE J'AURAIS PU ME TROMPER AU POINT DE CONFONDRE UNE SIMPLE FIÈVRE AVEC L'ÉTRANGE FLÉAU ?"
"LORSQUE J'AI FINI PAR RÉALISER MON ERREUR, IL ÉTAIT TROP TARD POUR REVENIR EN ARRIÈRE. LA DISTANCE COMME LES SENTIMENTS AVAIENT DÉSORMAIS BIEN ÉLOIGNÉ MR BINGLEY DE MISS BENNET."

"SI J'AI CAUSÉ DE LA PEINE À VOTRE SŒUR, JE L'AI FAIT SEULEMENT PAR AFFECTION POUR MON AMI."
"ET PARCE QUE JE CROYAIS QUE MISS BENNET AVAIT ÉTÉ CONDAMNÉE À ERRER SUR LE GLOBE EN QUÊTE DE CERVELLES."
"QUANT À L'ACCUSATION PLUS GRAVE D'AVOIR FAIT TORT À MR WICKHAM, JE NE PEUX QUE LA RÉFUTER EN VOUS EXPOSANT L'HISTOIRE DE SES RELATIONS AVEC MA FAMILLE."
"J'IGNORE CE DONT IL M'A PARTICULIÈREMENT ACCUSÉ. MAIS LA VÉRITÉ DE CE QUI VA SUIVRE POURRA ÊTRE ATTESTÉE PAR PLUSIEURS TÉMOINS DONT LA BONNE FOI EST INCONTESTABLE."
"MR WICKHAM EST LE FILS D'UN HOMME EXTRÊMEMENT RESPECTABLE QUI, PENDANT DE LONGUES ANNÉES, EUT À RÉGIR TOUT LE DOMAINE DE PEMBERLEY."
"MON PÈRE SE CHARGEA DES FRAIS DE SON ÉDUCATION, ET CE JUSQU'À KYOTO,"
"AIDE INAPPRÉCIABLE POUR MR WICKHAM, PUISQUE SON PÈRE ÉTAIT DANS L'INCAPACITÉ DE LUI OFFRIR UNE INSTRUCTION ORIENTALE DIGNE DE CE NOM."

"MON PÈRE TENAIT EN HAUTE ESTIME SON HABILITÉ AU COMBAT, ET DANS L'ESPOIR QU'IL EN FASSE SA CARRIÈRE, SE PROMETTAIT D'AIDER SON AVANCEMENT."
"MR WICKHAM S'EST FORT HEUREUSEMENT VANTÉ D'ESSAYER SES COUPS DE PIED CIRCULAIRES SUR NOTRE GARCON D'ÉCURIE SOURD."
"IL SOUHAITAIT LUI ROMPRE LE COU POUR LE PUNIR D'UNE SELLE MAL CIRÉE À SON GOÛT."
"MON AFFECTION POUR NOTRE PAUVRE SERVANT EXIGEAIT QUE JE BRISE LES DEUX JAMBES DE MR WICKHAM."
CHO !
THWACK
ARGHH !!!
"DE SORTE QU'IL NE PUISSE METTRE SON ABOMINABLE PLAN À EXÉCUTION."
"MON EXCELLENT PÈRE EST MORT IL Y A CINQ ANS."

"DANS SON TESTAMENT IL ME RECOMMANDAIT TOUT PARTICU-LIÈREMENT DE FAVORISER L'AVANCEMENT DE SON PROTÉGÉ DANS LA CARRIÈRE MILITAIRE CONTRE LES SALES AFFREUX."
"IL LUI LAISSAIT DE PLUS UN LEGS DE MILLE LIVRES."
"SON PROPRE PÈRE NE SURVÉCUT PAS LONGTEMPS AU MIEN. MR WICKHAM M'INFORMA QU'IL AVAIT L'INTENTION D'ÉTUDIER L'ART AVANCÉ DU MOUSQUET."
"JE LUI AI FAIT PARVENIR TROIS MILLE LIVRES."
"MAIS SA PRÉTENTION À DEVENIR MOUSQUETAIRE N'ÉTAIT QU'UN PRÉTEXTE, ET LIBRE DÉSORMAIS DE TOUTE CONTRAINTE, IL MENAIT UNE EXISTENCE DE PARESSE ET DE DISSIPATION."
"MAIS UNE FOIS ÉCOULÉS LES FONDS QUE JE LUI AVAIS ADRESSÉS, IL M'ÉCRIVIT À NOUVEAU POUR ME SOLLICITER."
"SA SITUATION, M'ASSURAIT-IL, ÉTAIT DES PLUS EMBARRASSANTES. IL ÉTAIT MAINTENANT FERMEMENT RÉSOLU À SE FAIRE ORDONNER, SI SEULEMENT JE CONSENTAIS À LUI ALLOUER UN REVENU ANNUEL."
"J'AI REFUSÉ, APRÈS QUOI TOUS RAPPORTS CESSÈRENT ENTRE NOUS."
"L'ÉTÉ DERNIER, MA SŒUR, DONT JE SUIS L'AÎNÉ DE PLUS DE DIX ANS, A ÉTÉ PLACÉE SOUS UNE DOUBLE TUTELLE, CELLE DU NEVEU DE MA MÈRE, LE COLONEL FITZWILLIAM, ET LA MIENNE."

"IL Y A PRÈS D'UN AN, JE LA RETIRAI DE PENSION ET L'INSTALLAI À LONDRES."
"QUAND VINT L'ÉTÉ ELLE PARTIT AVEC SA GOUVERNANTE, MRS YOUNGE, À RAMSGATE."
"S'Y RENDIT AUSSI WICKHAM, QUI SE RECOMMANDA DE LUI-MÊME À GEORGIANA. ELLE AVAIT GARDÉ UN SI FORT SOUVENIR DES ÉGARDS QU'IL AVAIT POUR ELLE QUAND ELLE ÉTAIT ENFANT"...
... "QU'ELLE FINIT PAR SE CROIRE ÉPRISE AU POINT D'ACCEPTER DE S'ENFUIR AVEC LUI."
"SON ÂGE, QUINZE ANS À PEINE, EST SA MEILLEURE EXCUSE."
"J'ARRIVAI À L'IMPROVISTE UN JOUR OU DEUX AVANT L'ENLÈVEMENT PROJETÉ, ET MON HONNEUR BAFOUÉ EXIGEA UN DUEL AVEC MR WICKHAM, QUI QUITTA LES LIEUX IMMÉDIATEMENT."
"MRS YOUNGE FUT BIEN ÉVIDEMMENT SAUVAGEMENT BATTUE DEVANT LES AUTRES MEMBRES DU PERSONNEL."
"LE BUT PRINCIPAL DE MR WICKHAM ÉTAIT SANS DOUTE DE CAPTER LA FORTUNE DE MA SŒUR, QUI EST DE TRENTE MILLE LIVRES."
"MAIS JE NE PEUX PAS M'EMPÊCHER DE CROIRE QUE LE DÉSIR DE SE VENGER DE MOI ÉTAIT AUSSI POUR LUI UN PUISSANT MOBILE. EN VÉRITÉ, SA VENGEANCE EUT ÉTÉ COMPLÈTE."

"VOILÀ, MADEMOISELLE, LE FIDÈLE RÉCIT DES ÉVÉNEMENTS AUXQUELS NOUS NOUS SOMMES TROUVÉS MÊLÉS L'UN ET L'AUTRE. JE NE VOUS AI PAS DIT TOUT CELA HIER SOIR PARCE QUE JE NE ME SENTAIS PAS ASSEZ MAÎTRE DE MOI-MÊME POUR JUGER CE QUI POUVAIT ÊTRE RÉVÉLÉ.
QUANT À L'EXACTITUDE DES FAITS QUI PRÉCÈDENT, JE PUIS EN APPELER AU TÉMOIGNAGE DU COLONEL FITZWILLIAM QUI EST FAMILIER DES MOINDRES DÉTAILS DE CETTE AFFAIRE.
JE TÂCHERAI DE METTRE CETTE LETTRE ENTRE VOS MAINS DANS LE COURANT DE LA MATINÉE. QUE DIEU VOUS GARDE, ET SAUVE L'ANGLETERRE DE SON MALHEUR PRÉSENT.
FITZWILLIAM DARCY"
C'EST FAUX ! C'EST IMPOSSIBLE ! CE N'EST QU'UN TISSU DE MENSONGES !
POUR QUE JE PUISSE LE PROVOQUER EN DUEL, IL FAUDRAIT D'ABORD QUE J'OUBLIE SON PÈRE.
IL NE PEUT PAS LE PROVOQUER EN DUEL...
OU BIEN IL EN A TROP PEUR ?
DE QUELLE DÉTESTABLE MANIÈRE J'AI AGI ! MOI QUI ME FAISAIT UNE FIERTÉ DE MA CLAIRVOYANCE !
QUELLE DÉCOUVERTE HUMILIANTE.
MOI-MÊME J'AI REDOUTÉ QUE MA SŒUR SOIT CONTAMINÉE !
OH QUE MON MAÎTRE N'EST-IL PAS LÀ POUR ME FOUETTER JUSQU'AU SANG AVEC DU BAMBOU HUMIDE !

ILS ÉTAIENT VRAIMENT NAVRÉS D'AVOIR À PARTIR. DARCY PLUS QUE JAMAIS CETTE ANNÉE POUR JE NE SAIS QUELLE RAISON !
VOUS AVEZ L'AIR SONGEUSE, MISS BENNET. PEUT-ÊTRE DEVRIEZ-VOUS RESTER ICI ENCORE UN MOIS !
JE VOUS REMERCIE DE CETTE AIMABLE INVITATION MAIS JE DOIS ÊTRE À LONDRES SAMEDI PROCHAIN.
LE SOL SE FAIT À NOUVEAU PLUS MOU, ET LE HERTFORDSHIRE SERA BIENTÔT DÉBORDÉ D'INNOMMABLES.
OH ON PEUT BIEN SE PASSER DE VOUS. JE VOUS AI REGARDÉ VOUS BATTRE, MA CHÈRE.
ET JE DOUTE QUE VOUS PUISSIEZ CHANGER QUOI QUE CE SOIT AU DESTIN DU HERTFORDSHIRE.
OU DE N'IMPORTE QUEL AUTRE ENDROIT DU RESTE.
NÔ EZIZA. PÔ COUTEAU.
MERCI CHARLOTTE POUR VOTRE SAGESSE.
MAINTENANT ESSAYEZ D'ARRÊTER DE MÂCHER AU-DESSUS DE MA MANCHE.
QUE VOUS ME JUGIEZ PRÊTE OU NON, JE DOIS RETOURNER À LA MAISON.
JE DOIS M'EN TENIR À MON PROJET INITIAL. NOUS PARTONS CETTE SEMAINE.

ÔRRVAAR EZIZA
AU REVOIR CHARLOTTE, MÊME SI JE NE PENSE PAS QUE JE VOUS REVERRAI UN JOUR...
MR COLLINS DÉCOUVRIRA VOTRE ÉTAT BIEN ASSEZ TÔT ET VOUS ACCORDERA LA DÉCAPITATION CHRÉTIENNE QUE VOUS DÉSIREZ.
J'AI ÉTÉ RAVIE DE PASSER CES SIX DERNIÈRES SEMAINES AVEC VOUS.
AU REVOIR. PRÉSENTEZ MES HOMMAGES À VOTRE FAMILLE !
BONTÉ DIVINE ! IL SEMBLE QUE NOUS NE SOYONS ARRIVÉES QU'HIER OU AVANT-HIER ET POURTANT QUE DE CHOSES SE SONT PASSÉES !
NOUS AVONS DÎNÉ NEUF FOIS À ROSINGS !
ET NOUS Y AVONS PRIS LE THÉ DEUX FOIS !
EST-CE QUE VOUS SENTEZ CETTE ODEUR ?
C'EST L'ODEUR DE LA MORT ! COCHER ! ARRÊTEZ LA VOITURE !
NOUS AVONS PARCOURU DIX MILLES, DONC NOUS DEVRIONS ÊTRE DEVANT L'ÉGLISE SAINT-EZRA.

ON DIRAIT QUE TOUTE LA PAROISSE S'EST BARRICADÉE DANS L'ÉGLISE. C'ÉTAIT L'ENDROIT LE PLUS SÛR QU'ILS CONNAISSAIENT.
MAIS PAS ASSEZ SÛR, MANIFESTEMENT. LES ZOMBIES VOUS ONT EXTERMINÉS.
À QUOI ONT BIEN PU RESSEMBLER LEURS DERNIERS INSTANTS ?
LES CRIS, LA VUE DES AUTRES DÉCHIQUETÉS.
UNE MAISON DE DIEU PROFANÉE DE LA SORTE !
LES INNOMMABLES N'ONT DONC AUCUN RESPECT !
ILS NE CONNAISSENT RIEN DE TEL.
ET NOUS DEVRIONS EN FAIRE AUTANT.
VENEZ, RETROUVONS JANE, PUIS LA MAISON.

MES SŒURS ! N'EST-CE PAS UNE AGRÉABLE SURPRISE !
NOUS SOMMES VENUES AVEC L'ATTELAGE DE NOTRE PÈRE.
ET NOUS AVONS L'INTENTION DE VOUS RÉGALER. MAIS VOUS DEVEZ NOUS PRÊTER DE L'ARGENT, PARCE QUE NOUS AVONS VIDÉ NOTRE BOURSE DANS UN MAGASIN !
J'AI ACHETÉ UN CHAPEAU ! POUR LE DÉPART DU RÉGIMENT DANS QUINZE JOURS.
IL S'EN VA, VRAIMENT ?
OUI, À BRIGHTON. J'AIMERAIS TELLEMENT QUE PAPA NOUS Y EMMÈNE CET ÉTÉ !
AUTREMENT, QUEL HORRIBLE ÉTÉ NOUS AURONS ! SANS GRANDE CHANCE DE BALS À MERYTON !
OUI, UN ÉTÉ AVEC PEU DE BALS SERAIT BIEN TRISTE.
POUR UNE FILLE QUI NE PENSE PAS À GRAND CHOSE D'AUTRE.
ET J'AI DE BONNES NOUVELLES POUR VOUS. MARY KING EST PARTIE HABITER CHEZ SON ONCLE, DONC IL Y A PEU DE CHANCES QU'ELLE ÉPOUSE MR WICKHAM.
J'AVAIS DE GRANDS ESPOIRS QUE L'UNE DE VOUS RAMÈNERAIT UN MARI !
JANE SERA VIEILLE FILLE BIENTÔT ! ELLE QUI A VINGT-TROIS ANS !
SEIGNEUR ! QUE JE SERAI MORTIFIÉE SI JE N'ÉTAIS PAS MARIÉE À VINGT-TROIS ANS !
NOUS NOUS SOMMES TANT AMUSÉES L'AUTRE JOUR CHEZ LE COLONEL FORSTER ! IL A PROMIS QUE L'ON DANSERAIT LE SOIR.
ET IL A INVITÉ AUSSI LES HARRINGTON. MAIS HARRIET ÉTAIT MALADE.

SHUNK
JE VOUS PRIE DE M'EXCUSER, JE NE TOLÉRAIS PLUS CES BAVARDAGES.
THUMP
ELIZA, À QUOI PENSEZ-VOUS ?
VOUS AVEZ CE SOURIRE, VOUS SAVEZ, CE SOURIRE PARTICULIER.
MON DIEU QUE J'AI RI, ET MRS FORSTER AUSSI.
UNE PENSÉE M'A TRAVERSÉ L'ESPRIT TRÈS CHÈRE SŒUR.
UNE PENSÉE AGRÉABLE.

LONGBOURN.
JANE ! VOUS ÊTES TOUJOURS ÉBLOUISSANTE !
JE SUIS RAVI QUE VOUS SOYEZ REVENUE, LIZZY.
MARIA ! ET COMMENT SE PORTE CHARLOTTE !
ELLE EST D'UNE SANTÉ ET D'UNE HUMEUR EXCELLENTES !
EST-CE QUE TOUT LE MONDE EST DEVENU FOU ?
PERSONNE NE SE REND-T-IL COMPTE QU'ELLE EST PRESQUE DEVENUE UN ZOMBIE ?
C'ÉTAIT SI AGRÉABLE ! EN REVENANT NOUS AVONS PROVOQUÉ LES FERMIERS QUI BRÛLAIENT LES CADAVRES !
ET NOUS ÉTIONS SI HEUREUSES EN CHEMIN ! PEUT-ON ALLER À BRIGHTON, PAPA ?
MA SŒUR, NOUS DEVONS PARLER SEULE À SEULE. JE VOUS AI CACHÉ QUELQUE CHOSE JUSQU'ICI.
JE DÉTIENS UNE LETTRE QUE VOUS DEVEZ LIRE.

JE NE ME SOUVIENS PAS AVOIR ÉTÉ PLUS CHOQUÉE PAR LES VIVANTS !
WICKHAM EST SI PERVERTI ! C'EST À N'Y PAS CROIRE ! ET CE PAUVRE MR DARCY ! MA CHÈRE LIZZY, PENSEZ À CE QU'IL A DÛ SOUFFRIR !
UNE SI GRANDE DÉCEPTION ET IL APPRENAIT EN MÊME TEMPS LA MAUVAISE OPINION QUE VOUS AVIEZ DE LUI !
C'EST VRAIMENT TROP PÉNIBLE. JE SUIS SÛRE QUE VOUS LE SENTEZ COMME MOI.
CERTAINEMENT, MAIS IL Y A UN POINT SUR LEQUEL JE VOUDRAIS VOTRE AVIS.
MR DARCY NE M'A PAS AUTORISÉE À RENDRE PUBLIQUES SES CONFIDENCES.
D'AILLEURS, QUI ME CROIRAIT ? LES PRÉVENTIONS CONTRE MR DARCY SONT SI VIOLENTES.
QUE LA MOITIÉ DE LA POPULATION DE MERYTON EN MOURRAIT SI ON LE MONTRAIT SOUS UN MEILLEUR JOUR.
OÙ EST LE RESTE DE LA LETTRE ? ELLE EST À MOITIÉ DÉCHIRÉE !
OH J'ÉTAIS SI ÉNERVÉE EN L'OUVRANT QUE J'EN AI ARRACHÉ LA MOITIÉ.
NE T'INQUIÈTE PAS, LA PREMIÈRE PARTIE N'ÉTAIT FAITE QUE D'EXCUSES ET DE SOUHAITS. RIEN D'IMPORTANT.
JE N'OSE PAS VOUS FAIRE CONNAÎTRE CE PASSAGE-LÀ - QUI DIT COMBIEN VOUS AIMAIT MR BINGLEY -
QUE VOUS N'AVEZ PERDU À TOUT JAMAIS QU'EN RAISON D'UN MALHEUREUX DIAGNOSTIC.

UNE SEMAINE PLUS TARD.
REGARDEZ-VOUS !
EST-CE QU'IL Y A EU UNE NOUVELLE ATTAQUE D'INNOMMABLES ?
NON MÈRE, NOUS AVONS JUSTE JOUÉ À "EMBRASSE-MOI MA BICHE" !
VOUS VOUS FAUFILEZ DERRIÈRE UN CERF, VOUS LE PROJETEZ À TERRE, ET ENFIN L'EMBRASSEZ SUR LE NEZ AVANT DE LE RELÂCHER.
TOUT EST DE VOTRE FAUTE ! À FORCE DE LEUR ENSEIGNER DES JEUX IDIOTS.
LEURS PIEDS N'EN SONT QUE PLUS LÉGERS, ET LEURS BRAS PLUS FORTS.
TOUJOURS DE L'ENTRAÎNEMENT, FEMME, DE L'ENTRAÎNEMENT !
AU NOM DU CIEL ! QU'ALLONS-NOUS DEVENIR !
LE RÉGIMENT NOUS QUITTE DANS UNE SEMAINE ! COMMENT POUVEZ-VOUS SOURIRE DE LA SORTE LIZZY ?
IL ME SEMBLE BIEN AVOIR PLEURÉ PENDANT DEUX JOURS ENTIERS QUAND LE RÉGIMENT DU COLONEL MILLER EST PARTI.
IL Y A VINGT-CINQ ANS, MAINTENANT. JE CROYAIS BIEN QUE MON CŒUR ALLAIT SE BRISER.
LE MIEN N'Y RÉSISTERA PAS !
SI SEULEMENT ON POUVAIT ALLER À BRIGHTON ! UN PETIT BAIN DE MER ME RENDRAIT ENFIN LA SANTÉ.
OH OUI ! MAIS PAPA EST SI DÉSAGRÉABLE !
ET MA TANTE PHILIPS EST CONVAINCUE QUE ÇA ME FERAIT DU BIEN.
JE VAIS FAIRE UN BRIN DE TOILETTE.
ET JE DOIS ARRACHER LES CROÛTES DE MES SEPT PLAIES DE LA HONTE.

ENCORE UNE SEMAINE PLUS TARD.
INCROYABLE NOUVELLE ! MRS FORSTER, LA FEMME DU COLONEL FORSTER,
ME PROPOSE DE L'ACCOMPAGNER À BRIGHTON ! JE DOIS FAIRE MES VALISES IMMÉDIATEMENT.
JE NE VOIS PAS POURQUOI MRS FORSTER NE M'A PAS AUSSI INVITÉE !
J'AI BEAU NE PAS ÊTRE PARTICULIÈREMENT SON AMIE, J'AI AUTANT DE DROITS QUE LYDIA À ÊTRE INVITÉE.
LYDIA NE SE CALMERA PAS TANT QU'ELLE NE SE SERA PAS EXHIBÉE DANS UN ENDROIT EN VUE.
OR DANS LES CIRCONSTANCES ACTUELLES, NOUS NE POUVONS ESPÉRER QU'ELLE TROUVERA UNE MEILLEURE OCCASION DE LE FAIRE AVEC AUSSI PEU DE DÉPENSES ET D'INCONVÉNIENTS POUR SA FAMILLE.
NOTRE RÉPUTATION, NOTRE RESPECTABILITÉ PEUVENT ÊTRE ATTEINTES PAR LA FOLLE LÉGÈRETÉ,
L'ASSURANCE ET LE MÉPRIS DE TOUTE CONTRAINTE QUI FORMENT LE CARACTÈRE DE LYDIA.
SI VOUS NE PRENEZ PAS LA PEINE DE LUI RAPPELER SON SERMENT PAR LE SANG DE DÉFENDRE LA COURONNE ENVERS ET CONTRE TOUT, IL SERA BIENTÔT IMPOSSIBLE DE LA CORRIGER.
ELLE SERA, À SEIZE ANS, LA PLUS ENRAGÉE COQUETTE QUI SE PUISSE IMAGINER, ELLE SE RIDICULISERA AINSI QUE SA FAMILLE ET DÉSHONORERA NOTRE BIEN-AIMÉ MAÎTRE.
NE VOUS TOURMENTEZ PAS, MA CHÉRIE. PARTOUT OÙ L'ON VOUS VERRA AINSI QUE JANE, VOUS SEREZ APPRÉCIÉES ET RESPECTÉES.
ET À BRIGHTON ELLE PERDRA SON IMPORTANCE, MÊME EN TANT QUE COQUETTE.

OH CES MURS ME MANQUERONT TELLEMENT QUAND JE SERAI À BRIGHTON !
JE NE PEUX PAS CROIRE QUE NOUS PARTONS DEMAIN !
J'AI ENTENDU DIRE QUE VOUS ÉTIEZ RÉCEMMENT À HUNSFORD, MISS BENNET.
C'EST UN ENDROIT PAISIBLE, COMMENT AVEZ-VOUS PASSÉ LE TEMPS ?
OH J'AI RENCONTRÉ LE COLONEL FITZWILLIAM ET MR DARCY LÀ-BAS. CONNAISSEZ-VOUS LE COLONEL, MR WICKHAM ?
SES MANIÈRES SONT DIFFÉRENTES DE CELLES DE SON COUSIN. MAIS JE TROUVE QUE MR DARCY GAGNE À ÊTRE CONNU.
VRAIMENT ! ET PUIS-JE VOUS DEMANDER
SI C'EST PARCE QU'IL SE MONTRE PLUS HABILE ? SI JE PEUX ME PERMETTRE, CAR JE N'OSE ESPÉRER QUE LE FOND DE SA NATURE AIT CHANGÉ.
OH JE NE VOULAIS PAS DIRE QUE SES MANIÈRES OU SA TOURNURE D'ESPRIT S'AMÉLIORAIENT...
... MAIS QUE, EN LE CONNAISSANT MIEUX, ON EST À MÊME DE MIEUX LE COMPRENDRE.
NOTAMMENT LA MANIÈRE DONT IL TRAITE LES GARÇONS D'ÉCURIE.
MMM... CE CŒUR A PLUTÔT BON GOÛT, VOUS NE TROUVEZ PAS ?
BONNE CHANCE À BRIGHTON, MR WICKHAM.

UN MOIS ! UN MOIS ENTIER VIENT DE S'ÉCOULER, ET TOUT CE QUE LYDIA TROUVE À ME DIRE C'EST QU'ELLE A UNE NOUVELLE OMBRELLE, OU UNE NOUVELLE ROBE !
ELLE NE RÉPOND PAS MÊME À MES LETTRES. JE LUI DISAIS QUE LES FAMILLES REVENAIENT ET QUE LES INVITATIONS POUR CET ÉTÉ SE MULTIPLIAIENT POUR LA PREMIÈRE FOIS DEPUIS DES ANNÉES.
ET MRS GARDINER A ÉCRIT, LIZZY, VOTRE EXCURSION DANS LE NORD DEVRA ÊTRE ÉCOURTÉE.
LES INCIDENTS À BIRMINGHAM LAISSENT TROP PEU DE TEMPS À MR GARDINER POUR VOYAGER DANS LA RÉGION DES LACS.
VRAIMENT ? JE ME FAISAIS UNE JOIE DE LES REVOIR !
EH BIEN, ILS VOYAGERONT TOUT DE MÊME, MAIS SANS DÉPASSER LE DERBYSHIRE.
VOUS VISITEREZ LA RÉGION OÙ MRS GARDINER A VÉCU PLUSIEURS ANNÉES.
ET VOILÀ QUI A AU MOINS AUTANT D'ATTRAIT QUE LES BEAUTÉS FAMEUSES DE MATLOCK, CHATSWORTH ET DOVEDALE OU LE PEAK !
OÙ ALLEZ-VOUS ? À MERYTON AVEC KITTY ?
NON, ÇA FAIT LONGTEMPS QUE JE NE SUIS ALLÉE DANS LES CRÉMATORIUMS DU MONT OAKHAM.
JE VAIS REGARDER LES INNOMMABLES REJOINDRE L'ENFER.

RECONNUE QU'UN ZOMBIE QUI POSSÈDE DES CERVEAUX ÉPROUVE INÉVITABLEMENT LE BESOIN D'EN POSSÉDER DAVANTAGE.
CETTE IDÉE N'A DU RESTE JAMAIS ÉTÉ MIEUX ILLUSTRÉE QUE PENDANT LA RÉCENTE ATTAQUE DE NETHERFIELD PARK...
... LORS DE LAQUELLE UNE JEUNE FILLE DE DIX-HUIT ANS A ÉTÉ MASSACRÉE ET DÉVORÉE PAR UNE HORDE DE MORTS VIVANTS.
AVEZ-VOUS ENTENDU, CHER MR BENNET, QUE NETHERFIELD PARK ÉTAIT À NOUVEAU OCCUPÉ ?
ET VOULEZ-VOUS SAVOIR PAR QUI ?
FEMME, JE M'OCCUPE DE MON MOUSQUET.
CAQUETEZ DONC, PUISQU'IL LE FAUT, MAIS NE M'EMPÊCHEZ PAS DE DÉFENDRE MON DOMAINE.

WURRGGHH!!!!
ENFLAMMEZ-MOI ÇA !
LA PLUPART DE CES CAGES APPARTIENNENT À DES FERMIERS, VOUS SAVEZ. ILS LES ATTRAPENT POUR GAGNER QUELQUE REVENU SUPPLÉMENTAIRE.
LES AUTRES SONT DES CAGES DE CHASSEURS DE TÊTE.
DES CHASSEURS DE TÊTE ? RIEN DE PLUS QUE DES ESCROCS, QUI GAGNENT LEUR VIE EN KIDNAPPANT DES INNOCENTS,
LES INFECTENT AVEC LE VIRUS, ET LES VENDENT AUX CRÉMATORIUMS.
PRÉPAREZ LES FLAMMES, HISSEZ LES CAGES !
WURRGGHH!!!!
MAIS IL VAUT MIEUX BRÛLER QUELQUES INNOCENTS QUE LAISSER LES COUPABLES EN LIBERTÉ.
JE NE PEUX PAS M'EMPÊCHER DE ME RÉJOUIR À LA VUE DE CES CORPS QUI SE PRÉCIPITENT EN ENFER.

UN MOIS PLUS TARD, EN DERBYSHIRE.
MA CHÉRIE, NOUS NE SOMMES PLUS QU'À UN MILLE DE PEMBERLEY.
PARFAIT ! NOUS DEVONS Y FAIRE UNE VISITE !
ELIZA, AIMERIEZ-VOUS DÉCOUVRIR UN ENDROIT DONT VOUS AVEZ TANT ENTENDU PARLER ?
UN ENDROIT QUI RÉUNIT BEAUCOUP DE VOS RELATIONS ?
WICKHAM Y A PASSÉ TOUTE SON ENFANCE VOUS SAVEZ !
LE PARC EST RAVISSANT. ILS ONT QUELQUES-UNS DES PLUS BEAUX ARBRES DU PAYS.
ÇA PARAÎT CHARMANT, MAIS L'ÉVENTUALITÉ D'Y CROISER MR DARCY...
IL N'Y SERA PAS. IL EST À LONDRES EN CE MOMENT.
IL S'Y TIENT UNE RÉUNION DE LA LIGUE DES GENTLEMEN QUI SOUTIENNENT LA POURSUITE DES HOSTILITÉS CONTRE NOTRE ENNEMI JURÉ.
VRAIMENT ? DANS CE CAS NOUS DEVONS VRAIMENT NOUS RENDRE À PEMBERLEY.
JE SUIS HEUREUX DE VOUS L'ENTENDRE DIRE, ELIZABETH.

PARCE QUE NOUS SOMMES ARRIVÉS.
MR GARDINER ! QUEL JOIE ! S'IL VOUS PLAÎT SUIVEZ-MOI.
VOUS AVEZ MANQUÉ MR DARCY D'UNE JOURNÉE, MONSIEUR.
MAIS NOUS L'ATTENDONS DEMAIN AVEC QUELQUES AMIS !
C'EST PARFAIT, MRS REYNOLDS. NOUS SOMMES SURTOUT VENUS POUR NOUS PROMENER DANS LES MERVEILLEUX JARDINS DE PEMBERLEY.
ET J'AURAIS PU ÊTRE LA MAÎTRESSE DES LIEUX !
JE POURRAIS DÉJÀ ÊTRE FAMILIÈRE DE CES SALONS, AU LIEU DE LES VISITER EN ÉTRANGÈRE, ILS POURRAIENT DÉJÀ M'APPARTENIR.

ELIZA ! VENEZ VOIR CETTE MINIATURE !
COMMENT LA TROUVEZ-VOUS ?
AH, C'EST LE FILS DU CIREUR DE MOUSQUET DE MON DÉFUNT MAÎTRE, QUI L'AVAIT FAIT ÉLEVER À SES FRAIS.
IL EST MAINTENANT DANS L'ARMÉE. MAIS JE CRAINS QU'IL N'AIT PAS FORT BIEN TOURNÉ.
ET VOICI MON MAÎTRE, FORT RESSEMBLANT. LES DEUX PORTRAITS ONT ÉTÉ FAITS À LA MÊME ÉPOQUE, IL Y A ENVIRON HUIT ANS.
ET VOICI MISS DARCY, DESSINÉE LORSQU'ELLE AVAIT SEULEMENT HUIT ANS.
LA PLUS JOLIE FILLE QU'ON AIT VUE, ET SI ACCOMPLIE !
ELLE A DÉCAPITÉ SON PREMIER INNOMMABLE UN MOIS À PEINE APRÈS SON ONZIÈME ANNIVERSAIRE !

JE RECONNAIS QUE MR DARCY AVAIT ENCHAÎNÉ LA VILE CRÉATURE À UN ARBRE, MAIS CE FUT UNE MISE À MORT IMPRESSIONANTE NÉANMOINS.
JE SUIS SÛRE QU'IL FERA UN BON MARI, BIEN QUE JE NE CONNAISSE PAS DE DEMOISELLE QUI SOIT ASSEZ BIEN POUR LUI.
IL NE M'A JAMAIS ADRESSÉ UNE PAROLE DÉSAGRÉABLE ET, QUAND JE SUIS ENTRÉE AU SERVICE DE SON PÈRE, IL N'AVAIT PAS PLUS DE QUATRE ANS.
EN CE TEMPS-LÀ JE NE L'AI VU SAUVAGEMENT FRAPPER QU'UN SEUL DOMESTIQUE, ET C'ÉTAIT FORT MÉRITÉ.
J'OSERAI DIRE QU'IL A LE CARACTÈRE LE PLUS AIMABLE D'ANGLETERRE.
SOUS QUEL JOUR AVANTAGEUX TOUT CECI LE FAIT VOIR !
LA FAÇON DONT IL S'EST CONDUIT AVEC NOTRE PAUVRE AMI NE CORRESPOND GUÈRE À CE BEAU PORTRAIT.
IL EST CERTAINEMENT UN BON FRÈRE, CEPENDANT.
PEUT-ÊTRE AVONS-NOUS ÉTÉ TROMPÉS.
MA TANTE, MON ONCLE, JE VOUS EN PRIE...
... COURREZ VOUS CACHER, JE DOIS RENVOYER CES INNOMMABLES,
ET IL ME SEMBLE AVOIR OUBLIÉ MON ÉPÉE.

CRACK
CHO !
JE NE SUIS PAS TROP PORTÉE SUR LE COMBAT AU BÂTON,
ALORS JE NE VAIS PAS COMPLIQUER LES CHOSES. D'ABORD ESSAYONS LA MÉTHODE DU PAYSAN ÉBOURIFFÉ.
WURRGGHH!!!!
CRACK
SPLAT
SHUNK
SHUNK
SHUNK
SHUNK

HAI !
CHUNK
CRACK
ALLEZ ! C'EST TOUT CE QUE VOUS AVEZ DANS LE VENTRE ?
WURGH?
BLAM
BLAM
MAIS QUE...
... C'EST IMPOSSIBLE !

MISS BENNET.
J'ESPÈRE QUE JE NE VOUS DÉRANGE PAS.
VOUS... VOUS ÊTES DÉSARMÉE. PARDONNEZ-MOI.
POSEZ S'IL VOUS PLAÎT VOTRE LANCE IMPROVISÉE.
ET PRENEZ MON FUSIL BROWN BESS EN ATTENDANT D'ÊTRE MIEUX ARMÉE.
JE... C'EST...
MERCI, MR DARCY.

CE PARC - HUM - EST VRAIMENT DÉLICIEUX.
HUM HUM ...
MR DARCY! NOUS SOMMES VOS OBLIGÉS !
PAS DU TOUT, MR GARDINER, JE SUIS CONVAINCU QUE MISS BENNET CONTRÔLAIT PARFAITEMENT LA SITUATION.
JE PASSAIS JUSTE PAR LÀ. PEUT-ÊTRE POURRAIS-JE ME JOINDRE À VOUS ET VOUS RACCOMPAGNER JUSQU'AU HALL, SI JAMAIS UNE AUTRE ATTAQUE SURVENAIT ?
MES AMIS ARRIVENT DEMAIN, MISS BENNET. VOUS RETROUVEREZ MR BINGLEY ET SES SŒURS.
IL Y A UNE AUTRE PERSONNE QUI AIMERAIT AUSSI BEAUCOUP VOUS RENCONTRER.
ME PERMETTRIEZ-VOUS, À MOINS QUE JE N'EN DEMANDE TROP, DE VOUS PRÉSENTER MA SŒUR PENDANT VOTRE SÉJOUR À LAMBTON ?
EH BIEN, IL A L'AIR SÉDUISANT. JE NE M'ATTENDAIS PAS À ÇA.
QUEL CHANGEMENT ÉTONNANT ? COMMENT L'EXPLIQUER ? IL EST IMPOSSIBLE QU'IL M'AIME ENCORE...
À MOINS QU'EN LE PROJETANT CONTRE LE MANTEAU DE LA CHEMINÉE PENDANT NOTRE ANICROCHE À HUNTSFORD,
JE L'AIE À CE POINT TRANSFORMÉ.

EH BIEN MERCI DE VOTRE AIDE MR DARCY...
AVANT QUE VOUS NE PARTIEZ, IL Y A QUELQUE CHOSE QUE JE DOIS FAIRE.
ET... ET QU'EST-CE DONC, MR DARCY ?
POURRIEZ-VOUS...
... POURRIEZ-VOUS ME RENDRE MON FUSIL BROWN BESS, MISS BENNET ?
JE SUIS SÛR QUE VOUS AVEZ VOTRE ARME FAVORITE DANS LA VOITURE.
AH, BIEN SÛR, LE MOUSQUET. J'AI AUSSI LES MUNITIONS QUE VOUS M'AVEZ DONNÉES.
VOS BALLES, MR DARCY ?
ELLES VOUS APPARTIENNENT, MISS BENNET.
TSSS...

C'EST UN PARFAIT GENTLEMAN, AIMABLE ET SIMPLE.
BIEN QUE CERTAINS LE TROUVENT FIER, JE N'AI RIEN VU DE TEL. QUEL BON CAVALIER ! QUEL BON MOUSQUETAIRE !
SON ACCUEIL ÉTAIT PLUS QUE DE LA SIMPLE POLITESSE, C'ÉTAIT UN EMPRESSEMENT AIMABLE À QUOI RIEN NE L'OBLIGEAIT.
IL N'EST PAS AUSSI BEL HOMME QUE WICKHAM.
TEL QU'IL S'EST MONTRÉ À NOUS, JE N'AURAIS JAMAIS PENSÉ QU'IL EÛT PU SE CONDUIRE AUSSI CRUELLEMENT À L'ÉGARD DE CE PAUVRE WICKHAM !
AU CONTRAIRE, IL Y A QUELQUE CHOSE DE DOUX DANS SON VISAGE, QUAND IL PARLE.
ET IL Y A UNE GRANDE DIGNITÉ DANS LA MANIÈRE DONT SON PANTALON SERRE SES ATTRIBUTS LES PLUS FIERS.
EH BIEN, VOUS VOUS SOUVENEZ CE QUE J'AI ENTENDU À PROPOS D'UN GARCON D'ÉCURIE PENDANT MON SÉJOUR DANS LE KENT, SA CONDUITE PEUT ÊTRE INTERPRÉTÉE D'UNE FACON TOUTE DIFFÉRENTE.
ET SON CARACTÈRE N'EST NULLEMENT AUSSI ODIEUX, NI CELUI DE WICKHAM AUSSI SYMPATHIQUE QU'ON L'AURAIT CRU EN HERTFORDSHIRE.
CERTES.
OH, NOUS PASSONS DEVANT CES ENDROITS QUE J'AI VISITÉ AVEC SYLAK !
MON ANCIEN AMANT, VOUS SAVEZ. JE ME DEMANDE S'IL HABITE TOUJOURS LA RÉGION.

LAMBTON, LE JOUR SUIVANT.
MISS BENNET, J'ESPÈRE QUE VOUS VOUS PORTEZ BIEN AUJOURD'HUI.
TRÈS BIEN, ET JE VOUS EN SOUHAITE AUTANT, MR DARCY.
PUIS-JE VOUS PRÉSENTER MA SŒUR, MISS DARCY.
ENCHANTÉE, MISS BENNET.
ET JE CROIS QUE VOUS CONNAISSEZ MR BINGLEY.
HUM, HELLO MISS BENNET.
J'ESPÈRE QUE VOUS ALLEZ BIEN.
TRÈS... BIEN, MR BINGLEY. ÇA FAIT SI LONGTEMPS
QUE MA FAMILLE ET MOI
NE VOUS AVONS PARLÉ.
IL EST LOIN EN EFFET LE TEMPS OÙ J'AVAIS LE PLAISIR DE M'ENTRETENIR AVEC VOTRE FAMILLE, SANS OUBLIER VOTRE SŒUR JANE BIEN SÛR.
HUIT MOIS AU MOINS ONT PASSÉ. NOUS NE NOUS SOMMES PAS VUS DEPUIS LE 26 NOVEMBRE, DEPUIS CE JOUR OÙ MON PERSONNEL À NETHERFIELD A ÉTÉ SI MALENCONTREUSEMENT VISITÉ.
QUELQU'UN REPRENDRA DU THÉ AU LAIT DE DRAGON ?
S'IL VOUS PLAÎT.

QUE SE PASSE-T-IL ? QUAND JE REGARDE MR DARCY JE SUIS PLUS EXCITÉE QUE LORSQUE JE M'APPRÊTE À COMBATTRE LES LÉGIONS DU DIABLE.
JE NE L'AI JAMAIS VU SI DÉSIREUX DE PLAIRE,
ET POURTANT IL N'A RIEN À ESPÉRER. J'AI PRESQUE HONTE D'AVOIR SOUHAITÉ UN JOUR BOIRE LE SANG DE SON SCALP !
AH NOUS AVONS TROP ABUSÉ DE VOTRE PRÉCIEUX TEMPS, MISS BENNET ! MERCI POUR CE THÉ SI AGRÉABLE.
J'ESPÈRE QUE VOUS VIENDREZ DÎNER À PEMBERLEY, AVANT DE QUITTER LE PAYS.
SANS FAUTE ! QUE DITES-VOUS D'APRÈS-DEMAIN ?
NOUS AURONS L'OCCASION, MISS BENNET,
DE PARLER DE NOS NOMBREUX AMIS DU HERTFORDSHIRE.
PENDANT NOTRE PROMENADE AVEC SYLAK AUJOURD'HUI, NOUS AVONS ENTENDU BIEN DES CHOSES SUR MR WICKHAM.
APPAREMMENT IL EST DE NOTORIÉTÉ PUBLIQUE QU'IL A LAISSÉ DE NOMBREUSES DETTES DERRIÈRE LUI EN QUITTANT LE DERBYSHIRE, DES DETTES QUE MR DARCY A RÉGLÉES POUR LUI ENSUITE.
ON DIT AUSSI QU'IL A EU DES RELATIONS INDÉCENTES AVEC DEUX JEUNES FILLES D'ICI.
TOUTES LES DEUX, HÉLAS, ONT ÉTÉ CONTAMINÉES, ET BRÛLÉES AVANT MÊME QUE LES ACCUSATIONS PUISSENT ÊTRE PORTÉES.

PEMBERLEY HALL, DEUX NUITS APRÈS.
DITES-NOUS S'IL VOUS PLAÎT, MISS ELIZA, SI LA MILICE S'EST RETIRÉE DE MERYTON ? CE DOIT ÊTRE UNE GRANDE PERTE POUR VOTRE FAMILLE.
JE CRAINS QUE LA MILICE NE M'AIT JAMAIS INTÉRESSÉE, MISS BINGLEY.
MES SŒURS S'Y CONNAISSENT MIEUX.
EST-CE QU'ELLE FAISAIT ALLUSION À WICKHAM ? ELLE N'EST PAS SI SOTTE !
OH SI ! IL LUI TARDE DE ME FRAPPER AVEC SES POINGS MALADROITS ET MAL ENTRAÎNÉS.
COMME IL SERAIT AMUSANT DE LA VOIR PERDRE CONTENANCE !
QUELQUE CHOSE VOUS AMUSE, MISS BENNET ?
OH NON MR DARCY. JE ME RAPPELAIS JUSTE L'HISTOIRE MILITAIRE.
EN PARTICULIER LA BATAILLE DE LA FORTERESSE DE TUMU.
LA FORTERESSE DE TUMU ? QUELLE TERRIBLE BATAILLE ! UNE DÉFAITE !
EN EFFET, MISS BINGLEY.
ET DEPUIS LA BATAILLE DE LA FORTERESSE DE TUMU, JAMAIS UN ASSAUT N'A ÉTÉ SI PAUVREMENT CONÇU, VOUS NE TROUVEZ PAS ?

PLUS TARD.
CE QUE MISS ELIZA A L'AIR MALADE, MR DARCY. JE N'AI JAMAIS VU QUELQU'UN D'AUSSI CHANGÉ DEPUIS CET HIVER.
ELLE A BRUNI ET A PERDU TOUTE FINESSE ! LOUISA ET MOI NOUS SOMMES DITS QUE NOUS AURIONS MIEUX FAIT DE NE PAS LA REVOIR !
SON TEINT M'A SIMPLEMENT PARU UN PEU PLUS HÂLÉ, CE QUI EST ASSEZ NATUREL LORSQUE L'ON VOYAGE EN ÉTÉ.
JE DOIS AVOUER QUE JE NE L'AI JAMAIS TROUVÉE BELLE. SA TAILLE EST TROP FERME, SES BRAS TROP MAIGRES, ET SES JAMBES TROP LONGUES ET SOUPLES !
SON NEZ MANQUE DE CARACTÈRE, ET ELLE EST INTOLÉRABLEMENT PETITE.
SES DENTS SONT ACCEPTABLES, MAIS RESTENT PASSABLES.
QUANT À SON REGARD, QU'ON A PARFOIS VANTÉ, JE NE LUI TROUVE RIEN D'EXTRAORDINAIRE !
ELLE A CET ŒIL PERÇANT ET EFFRONTÉ QUE JE N'AIME PAS DU TOUT, ET TOUTE SA PERSONNE RESPIRE UNE SUFFISANCE DÉTESTABLE.
JE ME SOUVIENS COMBIEN NOUS AVIONS ÉTÉ SURPRISES D'APPRENDRE QU'ELLE ÉTAIT CONSIDÉRÉE COMME UNE BEAUTÉ. JE ME RAPPELLE VOUS AVOIR ENTENDU DIRE, APRÈS QU'ILS EURENT DÎNÉ À NETHERFIELD :
"ELLE, UNE BEAUTÉ ! AUTANT DIRE QUE SA MÈRE EST UNE FEMME D'ESPRIT !"
EN EFFET, MAIS C'ÉTAIT LA PREMIÈRE FOIS QUE JE LA VOYAIS.
AUJOURD'HUI JE LA TIENS POUR L'UNE DES PLUS BELLES FEMMES DE MA CONNAISSANCE.
BONSOIR, MISS BINGLEY.

LA SEMAINE SUIVANTE.
UNE LETTRE POUR VOUS, MADEMOISELLE.
DE LA PART DE MISS JANE, JE PRÉSUME.
QU'EST-CE QUE ÇA VEUT DIRE ! LYDIA S'EST ENFUIE AVEC WICKHAM ? IMPOSSIBLE !
ET JANE NE SAIT PAS S'ILS SE SONT ENFUIS ENSEMBLE OU SI ELLE A ÉTÉ ENLEVÉE CONTRE SON GRÉ !
LE COLONEL FORSTER LES A SUIVIS ET ON LUI A TIRÉ DESSUS À COUPS DE MOUSQUET ! GRAND DIEU !
NON! MON PÈRE EST PARTI AVEC FORSTER À LEUR RECHERCHE ! S'IL PROVOQUE WICKHAM EN DUEL IL PERDRA SÛREMENT.
OH MON ONCLE, MAIS OÙ EST MON ONCLE !
JE DOIS... OH MR DARCY, JE VOUS DEMANDE PARDON, MAIS JE DOIS VOUS QUITTER !
JE DOIS TROUVER MR GARDINER TOUT DE SUITE, POUR UNE AFFAIRE QUI NE SAURAIT ÊTRE RETARDÉE, JE N'AI PAS UN INSTANT À PERDRE.

GRAND DIEU ! QUE SE PASSE-T-IL ?
JE VAIS BIEN.
MAIS JE SUIS EFFONDRÉE PAR D'AFFREUSES NOUVELLES QUI M'ARRIVENT À L'INSTANT DE LONGBOURN !
MA PLUS JEUNE SŒUR EST ENTRE LES MAINS DE MR WICKHAM, ILS SE SONT ENFUIS TOUS LES DEUX DE BRIGHTON.
VOUS LE CONNAISSEZ TROP BIEN POUR DOUTER DE LA SUITE. ELLE N'A NI FORTUNE, NI RELATIONS, RIEN QUI PUISSE LE POUSSER À L'ÉPOUSER !
ELLE EST PERDUE À JAMAIS ! ET J'AURAIS PU EMPÊCHER TOUT CELA SI SEULEMENT J'AVAIS PARLÉ DE LUI !
ILS ONT QUITTÉ BRIGHTON DANS LA NUIT DE DIMANCHE À LUNDI, ET ON A PU RELEVER LEURS TRACES PRESQUE JUSQU'À LONDRES.
LE COLONEL FORSTER A DE BONNES RAISONS DE DOUTER D'UNE FUITE, ET SOUPÇONNE QUE LYDIA A ÉTÉ ENLEVÉE CONTRE SON GRÉ.
PLÛT À DIEU QU'IL FÛT EN MON POUVOIR DE DIRE OU DE FAIRE QUELQUE CHOSE
QUI PUISSE APPORTER QUELQUE SOULAGEMENT DANS UNE TELLE DÉTRESSE !
CE MALHEUREUX ÉVÉNEMENT, JE LE CRAINS, VA PRIVER MA SŒUR DU PLAISIR DE VOUS VOIR À PEMBERLEY AUJOURD'HUI.
JE PARS APPELER MR GARDINER, BONNE JOURNÉE, MISS BENNET.
AYEZ LA GENTILLESSE DE NOUS EXCUSER AUPRÈS DE MISS DARCY. DITES QUE DES AFFAIRES URGENTES NOUS RAPPELLENT IMMÉDIATEMENT.
DISSIMULEZ LA TRISTE VÉRITÉ AUSSI LONGTEMPS QUE POSSIBLE.
COMMENT WICKHAM A-T-IL PU CAPTURER UNE ÉLÈVE DE SHAOLIN, MÊME UNE DISCIPLE AUSSI PEU PRUDENTE QUE LYDIA ?

J'Y AI REPENSÉ, ELIZABETH. IL ME PARAÎT VRAIMENT IMPROBABLE QU'UN JEUNE HOMME AIT PU FORMER UN TEL DESSEIN SUR UNE JEUNE FILLE, QUI COMPTE DES PROTECTEURS ET DES AMIS
ET QUI RÉSIDAIT EN FAIT DANS LA FAMILLE DU COLONEL. J'AI DONC BON ESPOIR.
WICKHAM POUVAIT-IL S'ATTENDRE À CE QUE LES AMIS DE LYDIA N'INTERVIENNENT PAS ? À CE QUE SES SŒURS NE LE POURSUIVENT PAS JUSQU'AUX CONFINS DE LA TERRE AVEC LEURS ÉPÉES ?
POUVAIT-IL IGNORER QU'IL SERAIT MIS AU BAN DE SON RÉGIMENT APRÈS UN TEL AFFRONT FAIT AU COLONEL FORSTER ?
JE NE PEUX PAS IMAGINER QUE WICKHAM SOIT SI MAUVAIS. IL Y AURAIT LÀ UN TROP GRAND OUBLI DE LA BIENSÉANCE, DE L'HONNEUR ET DE SES PROPRES INTÉRÊTS POUR QUE WICKHAM PUISSE EN ÊTRE ACCUSÉ.
POURQUOI AURAIT-IL TIRÉ SUR LE COLONEL EN CE CAS ?
SON AMI OFFICIER EST CONVAINCU QUE WICKHAM N'A JAMAIS EU L'INTENTION D'ÉPOUSER MA SŒUR.
WICKHAM N'ÉPOUSERAIT JAMAIS UNE FEMME SANS DOT, IL N'EN A PAS LES MOYENS.
LYDIA EST TRÈS JEUNE, ET VOILÀ SIX MOIS, NON UN AN, QUE LE PLAISIR ET LA VANITÉ SONT TOUTES SES PRÉOCCUPATIONS.
LYDIA IGNORE LA VRAIE NATURE DE WICKHAM, TOUT COMME MOI LORSQUE JE L'AI RENCONTRÉ POUR LA PREMIÈRE FOIS.
ET JE NE PEUX ME RAPPELER D'AUCUNE MARQUE D'AFFECTION NI D'UN CÔTÉ NI DE L'AUTRE, SINON QU'ELLE A TATOUÉ SON NOM SUR SA TAILLE AVEC UNE DAGUE.
MAIS LYDIA EST COUTUMIÈRE DU FAIT.

LONGBOURN.
JANE ! DES NOUVELLES ?
PAS ENCORE, MAIS MAINTENANT QUE NOTRE CHER ONCLE EST LÀ, J'AI L'ESPOIR QUE TOUT VA S'ARRANGER.
OH, LIZZY ! NOTRE SŒUR CAPTURÉE ET DÉSHONORÉE TANDIS QUE NOUS RESTONS LÀ SANS RIEN POUVOIR FAIRE !
PÈRE M'A ÉCRIT QUELQUES LIGNES MERCREDI POUR DIRE QU'IL ÉTAIT ARRIVÉ EN VILLE. IL NE RÉÉCRIRA PAS TANT QU'IL N'A RIEN D'IMPORTANT À NOUS DIRE.
MÈRE SE PORTE PASSABLEMENT, MÊME SI ELLE VOMIT SOUVENT, ET PLUTÔT COPIEUSEMENT, COMME VOUS POUVEZ VOUS EN DOUTER.
MARY ET KITTY, GRÂCE AU CIEL, VONT BIEN, ET ONT TOUTES LES DEUX JURÉ, PAR LE SANG ET PAR L'ÉPÉE, DE FAIRE PÉRIR MR WICKHAM. QU'ELLES SOIENT BÉNIES.
SI J'AVAIS PU ALLER AVEC TOUTE MA FAMILLE À BRIGHTON COMME JE LE DÉSIRAIS, CELA NE SERAIT PAS ARRIVÉ. MAIS LYDIA, LA PAUVRE ENFANT, N'AVAIT PERSONNE POUR VEILLER SUR ELLE.
COMMENT SE PEUT-IL QUE LES FORSTER NE L'AIENT PAS MIEUX GARDÉE ?
ET MAINTENANT, VOILÀ MR BENNET PARTI. ET JE SAIS QU'IL SE BATTRA AVEC WICKHAM, OÙ QU'IL LE RETROUVE, ET IL SE FERA TUER.
IL A BEAU AVOIR L'ESPRIT PLEIN DE TOURS ORIENTAUX, SON CORPS VIEUX ET FRÊLE N'A RIEN DE SON HABILITÉ D'ANTAN.
ET ALORS, QU'ADVIENDRA-T-IL DE NOUS TOUTES ? SON CORPS N'AURA PAS ENCORE REFROIDI DANS SA TOMBE QUE LES COLLINS NOUS METTRONT HORS D'ICI.

C'EST UNE AFFAIRE BIEN MALHEUREUSE DONT ON PARLERA SANS DOUTE BEAUCOUP.
MAIS NOUS DEVONS ARRÊTER LE MOUVEMENT DES PROPOS FRIVOLES ET FAIRE COULER DANS NOS POITRINES MEURTRIES LE PAISIBLE BAUME DE LA VENGEANCE.
JUSQU'À CE QUE NOUS APPRENIONS QU'ILS NE SONT PAS MARIÉS, NI SUR LE POINT DE L'ÊTRE, RIEN NE PROUVE QUE SON HONNEUR SOIT PERDU.
QUAND VOUS SEREZ EN VILLE, TROUVEZ-LES, ET S'ILS NE SONT PAS MARIÉS, MARIEZ-LES !
QUE LA QUESTION DES HABITS DE NOCE NE LES RETARDE PAS. DITES SEULEMENT À LYDIA QU'AUSSITÔT MARIÉE ELLE AURA TOUT L'ARGENT NÉCESSAIRE POUR LES ACHETER.
MAIS, AVANT TOUT, EMPÊCHEZ MR BENNET DE SE BATTRE !
LYDIA A ÉCRIT UNE LETTRE À MRS FORSTER, QUI PARLE DE SON AMOUR ET DE SES PLANS DE S'ENFUIR POUR GRETNA GREEN. ELLE A L'AIR HEUREUSE.
OH L'ÉCERVELÉE, L'INSOUCIANTE LYDIA ! AU MOINS CECI NOUS MONTRE QU'ELLE AVAIT SÉRIEUSEMENT L'INTENTION DE PARTIR.
MON PAUVRE PÈRE ! CE QU'IL A DÛ RESSENTIR !
JE N'AI JAMAIS VU PERSONNE DE PLUS ATTERRÉ. IL NE POUVAIT PLUS PARLER PENDANT DIX BONNES MINUTES.
IL EST ALLÉ À EPSOM, POUR Y CHERCHER LE NUMÉRO DU FIACRE QUI LES A AMENÉS DE CLAPHAM APRÈS QUE MR WICKHAM A ESSAYÉ DE TUER LE COLONEL.
IL A PENSÉ QUE LA SITUATION D'UN GENTLEMAN ET D'UNE LADY QUI CHANGENT DE CHEVAUX SOUS DES TIRS DE MOUSQUET NE POUVAIT PAS AVOIR ÉTÉ OUBLIÉE.

UNE SEMAINE PLUS TARD.
TOUT MERYTON SEMBLE S'ACHARNER À NOIRCIR L'HOMME QUI, TROIS MOIS AUPARAVANT, PARAISSAIT PLUS DIGNE D'ÊTRE IDOLÂTRÉ QUE LE CHRIST LUI-MÊME.
ON RACONTE QU'IL A LAISSÉ DES DETTES CHEZ TOUS LES COMMERÇANTS DE LA VILLE !
J'AI DES NOUVELLES DE VOTRE ONCLE AUJOURD'HUI. IL A RENCONTRÉ VOTRE PÈRE DANS LA SECTION 6 EST.
ILS N'ONT RIEN TROUVÉ, MAIS SONT DÉTERMINÉS À ENQUÊTER DANS TOUS LES HÔTELS DE LA VILLE.
EH BIEN… JE SUIS SÛRE QUE…
… ELIZA VOUS ÊTES PÂLE COMME UN LINGE !
J'AI UNE LETTRE DE MR COLLINS. CE SONT DE MAUVAISES NOUVELLES.
CHARLOTTE EST MORTE.
IL PARAÎT QU'ELLE AURAIT CONTRACTÉ LA MALADIE. LADY CATHERINE DE BOURGH A REMARQUÉ LES SYMPTÔMES
ET MR COLLINS A ACCOMPLI SON DEVOIR D'ÉPOUX EN LUI ACCORDANT LA DÉCAPITATION ET LA CRÉMATION D'USAGE.
OH, QUELLE NOUVELLE TERRIBLE POUR LUI ! NOUS DEVONS L'INVITER IMMÉDIATEMENT À SE JOINDRE À NOUS !
J'AI BIEN PEUR QU'IL NE SOIT TROP TARD. IL ABANDONNE SES DROITS SUR LONGBOURN ET FÉLICITE NOTRE PÈRE…
PARCE QU'AVANT QUE LE COURRIER NE NOUS PARVIENNE, IL SERA DÉJÀ MORT LUI-MÊME…
PENDU À LA BRANCHE DE L'ARBRE FAVORI DE CHARLOTTE.

UNE SEMAINE PLUS TARD.
MON PÈRE ! VOUS VOILÀ DE RETOUR !
OUI. MAIS SANS MA FILLE.
MR GARDINER M'A RENVOYÉ À LA MAISON. IL CONTINUERA À LES RECHERCHER TOUS LES DEUX.
AVEZ-VOUS DÉCOUVERT QUELQUE CHOSE MON PÈRE ?
WICKHAM A LAISSÉ DERRIÈRE LUI DES BÂTARDS ET DES DETTES DE JEUX CONSIDÉRABLES.
LE COLONEL FORSTER ESTIME QU'IL FAUDRAIT PLUS DE MILLE LIVRES POUR RÉGLER SES DÉPENSES À BRIGHTON.
ET MILLE DE PLUS POUR SOULAGER CES PAUVRES FILLES QU'IL A LAISSÉ SOUILLÉES DE HONTE.
UN JOUEUR ! UN FORNI-CATEUR !
C'EST INOUÏ. JE NE M'EN SERAIS JAMAIS DOUTÉE.
NE SOYEZ PAS TROP SÉVÈRE ENVERS VOUS-MÊME.
NE PARLEZ PAS DE CELA. QUI DEVRAIT SOUFFRIR SINON MOI ?
POUR CHAQUE COUP DE BAMBOU MOUILLÉ SUR LE DOS DES ÉLÈVES, LE PROFESSEUR EN MÉRITE DEUX. EST-CE QUE MAÎTRE LIU NE L'A PAS ASSEZ RÉPÉTÉ.
NON, LIZZY, LAISSEZ-MOI SENTIR AU MOINS UNE FOIS DANS MON EXISTENCE COMBIEN J'AI ÉTÉ COUPABLE. JE VOULAIS FAIRE DE VOUS DES GUERRIÈRES, ET NON DES LADIES.
JE VOULAIS VOUS MONTRER LES VOIES DE LA MORT, ET J'AI NÉGLIGÉ DE VOUS ENSEIGNER CELLES DE LA VIE.
ACCORDEZ-MOI MA HONTE, JE LA MÉRITE.

LIZZY, JE NE VOUS EN VEUX PAS D'AVOIR EU RAISON DE MOI EN MAI.
LES ÉVÉNEMENTS PROUVENT QUE VOUS AVEZ UN ESPRIT CLAIRVOYANT.
JE N'AI PAS L'INTENTION DE M'ENFUIR, PAPA ! ET SI JAMAIS JE VAIS À BRIGHTON, JE M'Y CONDUIRAI BEAUCOUP MIEUX QUE LYDIA.
VOUS, ALLER À BRIGHTON ! MAIS JE NE VOUDRAIS PAS MÊME VOUS VOIR ALLER À EASTBOURN POUR CINQUANTE POUNDS !
NON, KITTY. J'AI APPRIS ENFIN LA PRUDENCE, ET VOUS EN SENTIREZ LES EFFETS.
AUCUN OFFICIER DÉSORMAIS NE SERA ADMIS À FRANCHIR LE SEUIL DE MA MAISON, NI MÊME À PASSER PAR LE VILLAGE.
LES BALS SERONT ABSOLUMENT INTERDITS, À MOINS QUE VOUS N'Y DANSIEZ QU'AVEC VOS SŒURS.
ET VOUS NE SORTIREZ DES LIMITES DU PARC QUE LORSQUE VOUS AUREZ PROUVÉ QUE VOUS POUVEZ CONSACRER DIX HEURES PAR JOUR À VOS ÉTUDES.
MAIS... MAIS PÈRE !
ALLONS, ALLONS ! NE PLEUREZ PAS. SI VOUS ÊTES SAGE,
D'ICI UNE DIZAINE D'ANNÉES JE VOUS PROMETS DE VOUS MENER À UN DÉFILÉ MILITAIRE.

UNE SEMAINE PLUS TARD.
MON PÈRE IL PARAÎT QUE VOUS AVEZ REÇU UN COURRIER DE NOTRE ONCLE !
EST-CE QU'IL S'AGIT DE LYDIA ?
OH PAPA, PAPA, QUELLES SONT LES NOUVELLES ?
SHUNK
IL Y AVAIT UNE LETTRE. IL LES A VUS TOUS LES DEUX. APPAREMMENT MR WICKHAM A TOTALEMENT CHANGÉ
HUMPF
D'IDÉE SUR LA QUESTION ET DÉSIRE DÉSORMAIS QU'ILS SOIENT MARIÉS AU PLUS VITE.
IL EST CEPENDANT DANS UN ÉTAT AFFREUX.
UN ACCIDENT DE VOITURE L'A CLOUÉ AU LIT ET IL EST INCAPABLE DE SE MOUVOIR, OU DE MENER SA PETITE AFFAIRE.
SWISH
LES DOCTEURS SONT D'AVIS QU'IL RESTERA AINSI JUSQU'À LA FIN DE SA VIE.
CRACK
IL N'A PLUS QU'UN DÉSIR : AVOIR UNE FEMME DÉVOUÉE. IL N'EXIGE PAS MÊME UN PENNY DE SA FORTUNE, SEULEMENT CINQ LIVRES PAR AN POUR COUVRIR LES FRAIS DE SES SOINS TANT QUE JE VIVRAI.
HAI !
MON FRÈRE OFFRE, SI JE LE PERMETS, D'ARRANGER LE MARIAGE AUSSI VITE QUE POSSIBLE AU CHEVET DE WICKHAM PUISQU'IL NE PEUT PAS BOUGER.

EST-CE QU'IL EST POSSIBLE QU'IL L'ÉPOUSE ? PARALYSÉ PAR UNE VOITURE ! QUEL DESTIN CRUEL !
ET AVEZ-VOUS RÉPONDU À LA LETTRE ?
NON, MAIS IL ME FAUT LE FAIRE VITE.
CELA ME DÉPLAÎT ÉNORMÉMENT, MAIS IL FAUT QUE CELA SOIT FAIT.
OH PAUVRE LYDIA ! CONDAMNÉE À JOUER L'INFIRMIÈRE JUSQU'À LA FIN DE SES JOURS !
ET ILS DOIVENT SE MARIER, MAINTENANT QU'IL EST HANDICAPÉ !
ILS LE DOIVENT, PARCE QU'IL N'Y A RIEN D'AUTRE À FAIRE. MAIS IL Y A DEUX CHOSES QUE JE VEUX VRAIMENT SAVOIR.
LA PREMIÈRE, QUELLE SOMME VOTRE ONCLE A DÛ DÉBOURSER POUR OBTENIR CE RÉSULTAT ? ET L'AUTRE, COMMENT JE POURRAI JAMAIS M'ACQUITTER ENVERS LUI ?
PAS UN HOMME DE SENS N'ÉPOUSERAIT LYDIA POUR UN APPÂT AUSSI MINCE QUE CINQ LIVRES PAR AN PENDANT QUE JE VIS, ET RIEN APRÈS MA MORT.
WICKHAM EST FOU S'IL PREND LYDIA À MOINS DE DIX MILLE LIVRES. SURTOUT MAINTENANT QU'IL A BIEN PEU DE CHANCE DE GAGNER QUELQUE ARGENT LUI-MÊME.
DIX MILLE LIVRES, JUSTE CIEL ! COMMENT POURRAIT-ON REMBOURSER SEULEMENT LA MOITIÉ D'UNE PAREILLE SOMME ?
JE NE PEUX PAS IMAGINER QU'UNE TELLE SOMME AIT PU ÊTRE AVANCÉE.
SI NOUS ARRIVONS JAMAIS À CONNAÎTRE D'UN CÔTÉ LE MONTANT DES DETTES DE WICKHAM,
NOUS SAURONS EXACTEMENT CE QU'A FAIT POUR EUX MR GARDINER, CAR WICKHAM N'A PAS SIX PENCE LUI APPARTENANT EN PROPRE.
ALLONS PRÉVENIR MAMAN. ÇA LUI RENDRA SES ESPRITS.
EN FAIT, JE L'ENTENDS DÉJÀ.
"ELLE SERA MARIÉE À SEIZE ANS ! MON BON ET AIMABLE FRÈRE ! CHER WICKHAM HANDICAPÉ ! QUEL MARI IL VA FAIRE !"
"MRS WHICKHAM, QUE ÇA SONNE BIEN !"

QUEL HEUREUX JOUR ! UNE DE MES FILLES VA SE MARIER !
NOUS DEVONS PARLER DES NOCES, DE MOUSSELINE, DE NOUVEAUX MOUSQUETS, ET DE DOMESTIQUES !
ET D'UN ENDROIT POUR QU'ILS S'INSTALLENT !
HAYE PARK POURRAIT FAIRE L'AFFAIRE, SI LES GOULDINGS S'EN SÉPARAIENT. OU LA GRANDE MAISON À STOKE, SI LE SALON ÉTAIT PLUS GRAND.
MAIS ASHWORTH EST TROP LOIN. JE NE POURRAIS PAS SUPPORTER DE L'AVOIR À DIX MILLES DE MOI ! QUANT À PULVIS LODGE LE TOIT EST AFFREUX.
AVANT DE RETENIR POUR VOTRE FILLE ET VOTRE GENDRE UNE OU L'ENSEMBLE DE CES MAISONS, TÂCHONS D'ABORD DE NOUS ENTENDRE.
IL Y A UNE MAISON, EN TOUT CAS, OÙ ILS NE METTRONT JAMAIS LES PIEDS.
JE NE VEUX PAS AVOIR L'AIR D'APPROUVER LEUR COUPABLE FOLIE EN LES RECEVANT À LONGBOURN. ET JE N'AVANCERAI PAS UNE GUINÉE POUR LE TROUSSEAU DE MA FILLE.
AVEC CE MARIAGE, TOUTES LES CHANCES D'UNE ALLIANCE AVEC MR DARCY SONT ENVOLÉES.
IL NE PEUT PAS ENTRER DANS UNE FAMILLE CONTRE LAQUELLE, À TANT D'AUTRES OBJECTIONS, VENAIT S'AJOUTER CELLE D'UNE PARENTÉ ÉTROITE AVEC L'HOMME QU'IL MÉPRISAIT SI JUSTEMENT !
MAIS QUELLE DUO GUERRIER NOUS AURIONS FAIT ! NOUS NOUS SERIONS ENTRAÎNÉS À LA RIVIÈRE DE PEMBERLEY.
NOUS AURIONS TRAVERSÉ LES MONTAGNES ALTAÏ DANS UNE BELLE VOITURE SUR LA ROUTE DE KYOTO OU DE SHANGHAÏ, NOS ENFANTS AURAIENT ÉTÉ IMPATIENTS DE VAINCRE LA MORT COMME NOUS L'AVIONS FAIT AVANT EUX !
DE QUELLE STABILITÉ PEUT JOUIR UN COUPLE
QUI S'EST SEULEMENT FORMÉ SUR UN RAPT, UNE TENTATIVE DE MEURTRE, ET UN ACCIDENT DE VOITURE ?

ENCORE UNE SEMAINE PLUS TARD.
UNE AUTRE LETTRE DE MR GARDINER, LES ENFANTS !
IL SEMBLE QUE MR WICKHAM SE SOIT RÉSOLU À QUITTER LA MILICE !
MAIS IL EST HANDICAPÉ ! QUE FERA-T-IL À LA PLACE ?
EH BIEN IL NE PEUT PLUS FAIRE GRAND CHOSE DE BON DANS LA LUTTE CONTRE LES ZOMBIES ÉTANT DONNÉ SA CONDITION.
APPAREMMENT, SON INTENTION EST DE DEVENIR PRÊTRE. IL REJOINDRAIT AU NORD DE L'IRLANDE UN SÉMINAIRE SPÉCIAL POUR LES ESTROPIÉS.
J'ESPÈRE JUSTE QUE CHEZ DES ÉTRANGERS, OÙ ILS DEVRONT SE PROTÉGER PLUS QUE JAMAIS, ILS SAURONT SE MONTRER TOUS LES DEUX PLUS PRUDENTS.
MAIS LE NORD ?
QUEL DOMMAGE POUR LYDIA DE S'ÉLOIGNER D'UN RÉGIMENT OÙ ELLE CONNAIT TOUT LE MONDE ET OÙ ELLE POURRAIT ENSEIGNER AUX SOLDATS DE NOUVELLES MÉTHODES D'EXTERMINATION DES MORTS VIVANTS !
ELLE AIME TELLEMENT MRS FORSTER QU'IL LUI SERA TRÈS DIFFICILE D'EN ÊTRE SÉPARÉE.
IL Y A AUSSI PLUSIEURS JEUNES GENS QUI LUI PLAISENT BEAUCOUP.
IL EST ÉCRIT ICI QUE LYDIA AIMERAIT BEAUCOUP NOUS REVOIR AVANT DE PARTIR POUR L'IRLANDE.
VOTRE MÈRE POURRA EXHIBER SA FILLE MARIÉE DEVANT TOUT LE VOISINAGE AVANT SON BANNISSEMENT AU SÉMINAIRE SAINT-LAZARE DE KILKENNY POUR LES ESTROPIÉS.
ILS POURRONT VENIR BRIÈVEMENT, DÈS QU'ILS SERONT MARIÉS.

LE JOUR DU MARIAGE DE LYDIA.
MAMAN !
CHER ET TENDRE WICKHAM ! QUEL BON PRÊTRE VOUS ALLEZ FAIRE ! QUEL DÉLICIEUX MARI !
MERCI.
MON DIEU, IL PUE LA VIEILLE PISSE !
BONTÉ DIVINE ! QUAND JE SUIS PARTIE, JE N'AVAIS PAS IDÉE QUE JE REVIENDRAIS MARIÉE !
MAIS JE ME SUIS DIT QUELQUEFOIS QUE CE SERAIT JOLIMENT AMUSANT SI CELA ARRIVAIT... OH MAMAN, SAIT-ON SEULEMENT PAR ICI QUE JE ME SUIS MARIÉE AUJOURD'HUI ?
J'AVAIS PEUR QUE NON ! AUSSI QUAND NOUS AVONS DÉPASSÉ WILLIAM GOULDING SUR LA ROUTE, DONT LE CABRIOLET AVAIT ÉTÉ RENVERSÉ ET LES CHEVAUX DÉVORÉS,
J'AI BAISSÉ LA GLACE À CÔTÉ DE LUI ET POSÉ LA MAIN SUR LE REBORD DE LA PORTIÈRE AFIN QU'IL PÛT VOIR MON ALLIANCE !
IL A HURLÉ QUELQUE CHOSE À PROPOS DE SON FILS COINCÉ... MAIS OH MAMAN JE SUIS SÛRE QU'IL A VU LA BAGUE. OH ! PENSEZ COMBIEN LA NOUVELLE VA SE RÉPANDRE.

AH JANE, VOUS DEVEZ ME CÉDER VOTRE PLACE, PUISQUE JE SUIS UNE FEMME MARIÉE !
EH BIEN, MAMAN, QUE DITES-VOUS DE MON MARI ? N'EST-CE PAS UN HOMME CHARMANT ? JE SUIS SÛRE QUE MES SŒURS M'ENVIENT !
MAIS NE M'ENVIEZ PAS ! NOUS SERONS À KILKENNY CES TROIS PROCHAINES ANNÉES, ET JE VEILLERAI À VOUS TROUVER DE BONS MARIS POUR VOUS TOUTES !
OH ! TELLEMENT DE JEUNES PRÊTRES ! ET CHACUN D'ENTRE EUX DÉSIREUX DE TROUVER UNE FEMME AIMANTE ET ATTENTIONNÉE ! J'OSE PARIER QUE JE VERRAI TOUTES MES SŒURS MARIÉES AVANT L'HIVER !
JE VOUS REMERCIE, MAIS JE NE DÉSIRE PAS PARTICULIÈREMENT PASSER LE RESTE DE MA VIE À VIDER DES POTS DE CHAMBRE.
LIZZY, JE NE VOUS AI PAS ENCORE RACONTÉ MON MARIAGE. N'ÊTES-VOUS PAS CURIEUSE DE SAVOIR COMMENT LES CHOSES SE SONT PASSÉES ?
CE FUT PRESQUE ANNULÉ À CAUSE DES INNOMMABLES ! HEUREUSEMENT QUE MR DARCY ÉTAIT LÀ !
MR DARCY ?
OH OUI ! IL DEVAIT VENIR AVEC WICKHAM... MAIS OH MON DIEU ! J'AI OUBLIÉ QUE C'ÉTAIT UN SECRET !
SI JE LE DISAIS, ALORS WICKHAM ME PUNIRAIT SÛREMENT EN URINANT SANS CESSE. MAIS MA TANTE M'A DONNÉ CETTE LETTRE POUR VOUS.
"MA CHÈRE NIÈCE..."

"LE JOUR MÊME OÙ JE RENTRAIS DE LONGBOURN, VOTRE ONCLE RECEVAIT UNE VISITE DES PLUS INATTENDUES..."
JE SUIS VENU AUSSITÔT QUE J'AI SU. JE SUIS LE SEUL À BLÂMER SI L'INDIGNITÉ DE WICKHAM N'A PAS ÉTÉ SUFFISAMMENT PUBLIQUE.
C'EST MON ORGUEIL QUI EST À L'ORIGINE DE TOUT CELA ET C'EST DONC À MOI DE RÉPARER LE MAL.
J'AI PARLÉ À L'EX-GOUVERNANTE DE MA SŒUR ET TROIS MINUTES DE SÉVÈRE MALTRAITANCE ONT SUFFI À ME FOURNIR CE QUE JE CHERCHAIS, UNE ADRESSE.
J'AI VU MISS BENNET. MAIS ELLE EST DÉCIDÉE À SE MARIER. QUANT À WICKHAM, IL N'EN A PAS LE MOINDRE PROJET.
IL DÉPASSE LES BORNES ! JE VAIS LUI METTRE UNE RACLÉE.
N'AYEZ CRAINTE, IL SERA BIEN CHÂTIÉ. NOUS SOMMES PARVENUS À UN ARRANGEMENT.
LES DETTES DE WICKHAM SERONT PAYÉES. ELLES DÉPASSENT, JE CROIS, CONSIDÉRABLEMENT LES MILLE LIVRES, AUXQUELS IL FAUDRA AJOUTER MILLE DE PLUS PAR AN POUR LE SOUTENIR.
EN ÉCHANGE, IL ÉPOUSERA LYDIA, LAVANT AINSI SON HONNEUR, ET CELUI DE LA FAMILLE BENNET.
ENSUITE, IL M'AUTORISERA À L'ESTROPIER, POUR LE PUNIR DE SA VIE DE VICE ET DE TRAHISON.
CES BLESSURES SERONT IMPUTÉES À UN ACCIDENT DE VOITURE. IL CHERCHERA À SE FAIRE PRÊTRE, DANS L'ESPOIR QUE LES ENSEIGNEMENTS DU CHRIST AMÉLIORERONT SON CARACTÈRE.
EXCELLENT, JE VAIS CHERCHER QUELQUES MARTEAUX BIEN SOLIDES.
C'EST DÉJÀ FAIT. ET JE RECONNAIS QUE JE PRENDRAI UN PLAISIR PARTICULIER À FRACASSER MR WICKHAM.
MAIS MON IMPLICATION DANS CETTE AFFAIRE DOIT TOUJOURS RESTER SECRÈTE. VOUS DEVEZ ÊTRE L'ARTISAN DE CE NOUVEL ACCORD.

"QUAND TOUT FUT ENTENDU, IL RETROUVA SES AMIS, QUI ÉTAIENT ENCORE À PEMBERLEY."
"MAIS APRÈS AVOIR PROMIS DE REVENIR À LONDRES UNE NOUVELLE FOIS POUR ASSISTER AU MARIAGE ET METTRE UN TERME AUX QUESTIONS D'ARGENT."
"LYDIA VÎNT À NOUS. ET WICKHAM, FRAÎCHEMENT ESTROPIÉ, FUT AMENÉ À LA MAISON POUR SA CONVALESCENCE."
"ET POUR ÊTRE PRÉPARÉ AU VOYAGE, DANS UN LIT ADAPTÉ QUE MR DARCY AVAIT GÉNÉREUSEMENT FINANCÉ."
"ET MR DARCY A TENU SA PROMESSE D'ASSISTER AU MARIAGE."
IL LES SUIVAIT EN VILLE, IL SE SOUILLAIT LES MAINS DU SANG D'UNE FEMME QU'IL VOULAIT SÛREMENT NE JAMAIS REVOIR.
IL FUT RÉDUIT À RENCONTRER, RAISONNER, PERSUADER ET FINALEMENT CORROMPRE L'HOMME QU'IL AVAIT, ENTRE TOUS, TOUJOURS SOUHAITÉ ÉVITER ET DONT IL NE PRONONÇAIT LE NOM QU'AVEC RÉPUGNANCE.
IL FIT TOUT CELA POUR LYDIA, UNE FILLE QU'IL NE POUVAIT NI RESPECTER NI ESTIMER !
NOUS LUI DEVONS L'HONNEUR DE LYDIA, SON STATUT, NOUS DEVONS TOUT À MR DARCY !
ET JE SUIS SI FIÈRE DE LUI ! FIÈRE QUE POUR ACCOMPLIR CETTE TÂCHE DE PITIÉ ET D'HONNEUR, IL AIT ÉTÉ CAPABE DE DONNER LE MEILLEUR DE LUI-MÊME.

EST-CE QUE J'INTERROMPS VOTRE PROMENADE SOLITAIRE, MA CHÈRE SŒUR ?
JE SERAI DÉSOLÉ EN FAIT, SI TEL ÉTAIT LE CAS. J'AI PENSÉ QUE LA PAIX D'UN DOJO ME RAFRAICHIRAIT AU MIEUX APRÈS AVOIR PETIT-DÉJEUNÉ DANS MON PETIT COIN DU SALON.
ALORS, MA CHÈRE SŒUR, J'AI APPRIS PAR VOTRE ONCLE ET VOTRE TANTE QUE VOUS AVIEZ VISITÉ PEMBERLEY ?
AVEZ-VOUS VU DARCY QUAND VOUS ÉTIEZ LÀ-BAS ?
OUI, IL M'A PRÉSENTÉ À SA SŒUR.
ET VOUS AVEZ VU LA VIEILLE FEMME DE CHARGE, JE SUPPOSE ? PAUVRE REYNOLDS, ELLE M'AIMAIT BEAUCOUP.
ME VOIR AFFECTÉ AINSI SERAIT VRAIMENT UN CHOC POUR ELLE.
EN FAIT, ELLE CRAIGNAIT QUE VOUS N'EUSSIEZ PAS BIEN TOURNÉ.
J'AI ENTENDU DIRE AUSSI, QUE VOUS ÉTIEZ UN ENFANT DES PLUS DÉSAGRÉABLES, EXCESSIVEMENT CRUEL POUR LES VIEUX DOMESTIQUES DE DARCY ET IRRESPECTUEUX DE SES VOLONTÉS.
QUANT À VOTRE RÉCENT COMPORTEMENT, JE N'AI RIEN ENTENDU QUI PUISSE ME CONVAINCRE QUE VOUS AVEZ ÉVOLUÉ,
QU'IL S'AGISSENT DE VOS DETTES D'HONNEUR, OU DES BÂTARDS INNOMBRABLES QUE VOUS AVEZ SEMÉ DANS L'EMPIRE DE SA MAJESTÉ.
VENEZ, MON FRÈRE. ON DIRAIT QUE VOUS VOUS ÊTES ENCORE SOUILLÉ.
NE NOUS QUERELLONS PAS À PROPOS DU PASSÉ. À L'AVENIR, J'ESPÈRE QUE NOUS PENSERONS TOUJOURS DE MÊME.

OH ! MA CHÈRE LYDIA, QUAND NOUS REVERRONS-NOUS ?
JE N'EN SAIS RIEN. PAS AVANT DEUX OU TROIS ANS PEUT-ÊTRE !
JE VOUS ÉCRIRAI SOUVENT, MAIS VOUS SAVEZ QU'UNE FEMME MARIÉE N'A GUÈRE DE TEMPS POUR ÉCRIRE.
MES SŒURS QUI N'ONT RIEN D'AUTRE À FAIRE M'ÉCRIRONT !
CE GARÇON ME PARAÎT MIEUX QUE JAMAIS JE DOIS DIRE. JE LE PRÉFÈRE DE BEAUCOUP DANS CET ÉTAT... DÉTENDU !
J'AI OUBLIÉ DE VOUS DIRE, LA FEMME DE CHARGE DE NETHERFIELD A REÇU DE NOUVELLES INSTRUCTIONS !
APPAREMMENT, ELLE PRÉPARE L'ARRIVÉE DE SON MAÎTRE, QUI SERA LÀ DANS UN JOUR OU DEUX POUR RENCONTRER SON NOUVEAU PERSONNEL,
ET INSPECTER LES TRAVAUX FAITS DANS LA CUISINE !
EST-IL VRAIMENT CERTAIN QU'IL REVIENNE ?
MRS NICHOLLS ÉTAIT À MERYTON HIER SOIR. JE L'AI VUE PASSER...
... ET ELLE M'A DIT QUE LA NOUVELLE ÉTAIT EXACTE. IL SERA LÀ MERCREDI OU JEUDI, MAIS PLUS PROBABLEMENT MERCREDI.
IL EST REGRETTABLE QUE CE PAUVRE HOMME NE PUISSE VENIR DANS UNE MAISON QU'IL A LÉGALEMENT LOUÉE, SANS SUSCITER TANT DE COMMÉRAGES.
JE LE LAISSERAI EN PAIX.
DÈS QUE MR BINGLEY SERA LÀ, MON CHER, VOUS IREZ LE VOIR N'EST-CE PAS !
ABSOLUMENT PAS. VOUS M'AVEZ OBLIGÉ À LUI RENDRE VISITE L'AN PASSÉ, EN ME PROMETTANT QUE SI J'ALLAIS LE VOIR IL ÉPOUSERAIT UNE DE MES FILLES. ET RIEN DE TEL N'EST ARRIVÉ.
S'IL A BESOIN DE NOTRE SOCIÉTÉ, QU'IL VIENNE À NOUS LUI-MÊME. IL SAIT OÙ NOUS HABITONS.

VENDREDI.
VOTRE PÈRE S'EST MONTRÉ EXCESSIVEMENT GROSSIER DE NE PAS ATTENDRE MR BINGLEY.
NÉANMOINS ÇA NE M'A PAS EMPÊCHÉE DE LUI PROPOSER DE PASSER NOUS VOIR.
COMMENT ? MR BINGLEY ICI ? AUJOURD'HUI ?
MAMAN ! LE VOILÀ ET UN AUTRE GENTLEMAN L'ACCOMPAGNE.
GRAND DIEU ! MR DARCY !
EH BIEN, TOUS LES AMIS DE MR BINGLEY SONT LES BIENVENUS ICI, NATURELLEMENT, MAIS J'AVOUE QUE LA VUE SEULE DE CELUI-CI M'EST ODIEUSE !
VOYONS D'ABORD SON ATTITUDE.
JANE, J'AI À PEINE LE COURAGE DE PARLER !
MOI ! QUI NE CRAINT AUCUN HOMME ! QUI NE CRAINT PAS MÊME LA MORT !
ET POURTANT INCAPABLE DE CONVOQUER LE MOINDRE MOT !

VOILÀ BIEN LONGTEMPS QUE VOUS ÉTIEZ PARTI !
JE COMMENÇAIS À CRAINDRE UN DÉPART DÉFINITIF. LES GENS DISAIENT QUE VOUS N'ALLIEZ PAS REVENIR.
OUI, LES AFFAIRES M'ONT RETENU LOIN D'ICI SI LONGTEMPS, MRS BENNET.
MISS BENNET, JE ME DEMANDAIS SI VOUS AVIEZ EU DES NOUVELLES DE VOTRE TANTE ET DE VOTRE ONCLE ?
J'AI ENTENDU DIRE QUE LE FRONT DE L'EST ÉTAIT TOMBÉ ?
JE SUIS... JE SUIS DÉSOLÉE DE VOUS DIRE QUE JE N'AI PAS DE NOUVELLES, MR DARCY.
AH.
IL Y A EU TELLEMENT DE CHANGEMENTS DANS LA RÉGION DEPUIS VOTRE DÉPART.
MISS LUCAS EST MORTE APRÈS CONTAMINATION ET L'UNE DE MES PROPRES FILLES EST MARIÉE ! C'ÉTAIT DANS LE *TIMES* ET LE *COURIER* !
J'AI VU, TOUTES MES FÉLICITATIONS.
POURTANT CE N'ÉTAIT PAS ÉCRIT CORRECTEMENT.
IL ÉTAIT SEULEMENT INDIQUÉ : "DERNIÈREMENT A EU LIEU LE MARIAGE DE GEORGE WICKHAM, ESQ. ET DE MISS LYDIA BENNET", RIEN SUR MON MARI, NI SUR SON DÉVOUEMENT ENVERS SA MAJESTÉ OU QUOI QUE CE SOIT !

ASSURÉMENT, AVOIR UNE FILLE BIEN MARIÉE EST UNE GRANDE SATISFACTION !
MAIS EN MÊME TEMPS, MR BINGLEY, IL EST VRAIMENT DIFFICILE DE S'EN TROUVER SÉPARÉE PAR UNE SI LONGUE DISTANCE !
ILS SONT ALLÉS À KILKENNY, EN IRLANDE, SEMBLERAIT-IL ET JE NE SAIS PAS COMBIEN DE TEMPS ILS Y RESTERONT.
LE SÉMINAIRE POUR LES ESTROPIÉS DE SAINT-LAZARE EST LÀ-BAS, JE SUPPOSE QUE VOUS AVEZ ENTENDU DIRE QUE WICKHAM EST HANDICAPÉ DEPUIS UN ACCIDENT DE VOITURE, ET A L'INTENTION DE DEVENIR PRÊTRE !
OH ! MON PAUVRE WICKHAM, SI SEULEMENT IL AVAIT AUTANT D'AMIS QU'IL EN MÉRITE !
EST-IL TEMPS ? NOUS DEVONS VRAIMENT Y ALLER. N'EST-CE PAS, DARCY ?
VOUS ÊTES EN DETTE AVEC MOI, MR BINGLEY.
AVANT VOTRE DÉPART POUR LONDRES CET HIVER, VOUS M'AVIEZ PROMIS DE VENIR DÎNER EN FAMILLE DÈS VOTRE RETOUR.
JE N'AI PAS OUBLIÉ, COMME VOUS LE VOYEZ. ET JE VOUS ASSURE QUE J'AI ÉTÉ TRÈS DÉÇUE QUE VOUS NE REVENIEZ PAS POUR TENIR VOTRE ENGAGEMENT !
TOUTES MES EXCUSES, MRS BENNET. JE ME FERAI PARDONNER BIENTÔT ! QUE DITES-VOUS DE MARDI !

J'AVAIS GRANDE ENVIE DE LES RETENIR À DÎNER CE SOIR-MÊME.
MAIS DEUX SERVICES NE SERAIENT PAS DE TROP POUR LES RECEVOIR TOUS LES DEUX.
POURQUOI, S'IL EST VENU SEULEMENT POUR ÊTRE SILENCIEUX, GRAVE ET INDIFFÉRENT, EST-IL DONC VENU ?
PUISQU'IL A PU SE MONTRER SI AIMABLE AVEC MON ONCLE ET MA TANTE, QUAND IL ÉTAIT À LONDRES, POURQUOI NE L'EST-IL PAS AVEC MOI ?
QUEL HOMME DÉCONCERTANT ! JE NE VEUX PLUS PENSER À LUI, JE SUIS LA PROMISE DE LA MORT APRÈS TOUT.
J'AI JURÉ SUR MON ÉPÉE QUE J'OBÉIRAI SEULEMENT AU CODE DES GUERRIERS ET À MON MAÎTRE LIU BIEN-AIMÉ !
MAINTENANT QU'A EU LIEU CETTE PREMIÈRE RENCONTRE, JE ME SENS LE MIEUX DU MONDE. MES FORCES ONT ÉTÉ MISES À L'ÉPREUVE ET JE PUIS LE VOIR DÉSORMAIS SANS AUCUN TROUBLE.
JE SUIS CONTENTE QU'IL VIENNE DÎNER ICI MARDI. TOUT LE MONDE POURRA SE RENDRE COMPTE QUE NOUS NOUS RENCONTRONS, LUI ET MOI
SUR UN PIED DE PARFAITE INDIFFÉRENCE.
DE PARFAITE INDIFFÉRENCE, JE N'EN DOUTE PAS ! OH, JANE, PRENEZ GARDE !
MA CHÈRE LIZZY, VOUS NE POUVEZ PAS ME CROIRE SI FAIBLE ?
PAS LE MOINS DU MONDE.
JE CROIS PLUTÔT QUE VOUS AVEZ LE POUVOIR DE LE RENDRE AMOUREUX DE VOUS COMME JAMAIS AUPARAVANT !

MARDI.
OH, SI SEULEMENT JE POUVAIS SAUTER SUR LA TABLE ET M'ADMINISTRER LES SEPT COUPURES DE LA HONTE DEVANT MR DARCY !
QUE MON MISÉRABLE SANG COULE SUR SON ASSIETTE, ET QUE J'EXPIE ENFIN POUR MES NOMBREUX PRÉJUGÉS À SON ÉGARD !
À EN CROIRE L'ADMIRATION QUE BINGLEY TÉMOIGNAIT À MA SŒUR,
S'IL AVAIT TOUTE SA LIBERTÉ D'AGIR, SON BONHEUR ET CELUI DE JANE SERAIENT BIENTÔT ASSURÉS.
PEUT-ÊTRE DEVRIONS-NOUS PARLER AU SALON. S'IL NE VIENT PAS À MOI ALORS...
... J'ABANDONNERAI TOUTE ESPÉRANCE ET JE NE LAISSERAI PLUS JAMAIS MES YEUX QUITTER LE BOUT DE MON ÉPÉE.
QUE DITES-VOUS LIZZY ?
JE PENSAIS À VOIX HAUTE, KITTY, AUCUNE IMPORTANCE.
UN HOMME QU'ON A REFUSÉ AVEC LES POINGS ET LES PIEDS ! COMMENT PUIS-JE ÊTRE ASSEZ SOTTE POUR ESPÉRER QU'IL ME DÉCLARE SA FLAMME UNE NOUVELLE FOIS !
Y A-T-IL UN REPRÉSENTANT DE CE SEXE QUI NE S'INSURGERAIT PAS CONTRE UNE TELLE FAIBLESSE ? UNE SECONDE DEMANDE À LA MÊME FEMME ?
AUTANT FAIRE UNE PROPOSITION À UN ZOMBIE !

EH BIEN LES ENFANTS, QUE PENSEZ-VOUS DE CETTE JOURNÉE ? TOUT S'EST DÉROULÉ À MERVEILLE, JE VOUS ASSURE !
ET TOUT LE MONDE A DIT N'AVOIR JAMAIS MANGÉ UN CUISSOT PAREIL. JE VOUS REMERCIE LIZZY D'AVOIR CHASSÉ UN SI BEAU GIBIER !
CETTE JOURNÉE A ÉTÉ FORT AGRÉABLE ! LES INVITÉS ÉTAIENT BIEN CHOISIS, TOUT LE MONDE SE CONVENAIT !
J'ESPÈRE QUE DE TELLES RÉUNIONS SE RENOUVELLERONT SOUVENT.
LIZZY, VOUS NE DEVRIEZ PAS DOUTER DE MOI. VOUS ME MORTIFIEZ.
JE VOUS ASSURE QUE J'AI MAINTENANT APPRIS À JOUIR DE LA CONVERSATION DE MR BINGLEY COMME DE CELLE D'UN HOMME AGRÉABLE ET BIEN ÉLEVÉ, SANS LA PLUS PETITE ARRIÈRE-PENSÉE.
JE SUIS ABSOLUMENT CONVAINCUE QU'IL N'A JAMAIS ENVISAGÉ DE ME PLAIRE.
IL ME SUFFIRAIT D'UN RIEN POUR TE FAIRE AVOUER TON AMOUR !
QU'IL EST DIFFICILE PARFOIS D'ÊTRE CRUE !
POURQUOI VOUDRIEZ-VOUS ME PERSUADER QUE JE SENS PLUS DE CHOSES QUE JE NE L'ADMETS ?
OH ! VOUS ÊTES PLUS BUTÉE QU'UNE MULE !
SI VOUS PERSISTEZ DANS VOTRE INDIFFÉRENCE, VOUS FEREZ BIEN DE CHERCHER UNE AUTRE CONFIDENTE !

JEUDI.
VITE, MA CHÈRE JANE, DÉPÊCHEZ-VOUS DE DESCENDRE ! IL EST VENU ! MR BINGLEY EST LÀ ! OUI, IL EST LÀ.
DÉPÊCHEZ-VOUS, DÉPÊCHEZ-VOUS ! LAISSEZ LA COIFFURE DE LIZZY !
DEUX VISITES AUSSI RAP-PROCHÉES !
NOUS DESCENDRONS DÈS QUE NOUS LE POURRONS, MAMAN.
MAIS JE N'IRAI PAS SANS L'UNE DE MES SŒURS POUR M'ACCOMPAGNER.
AH ! LES VOILÀ !
MR BINGLEY.
MISS BENNET.
QU'Y A-T-IL, MAMAN ? QUE VEULENT DIRE TOUS CES FRONCEMENTS DE SOURCILS ? QUE FAUT-IL QUE JE FASSE ?

RIEN DU TOUT, MON ENFANT. JE NE VOUS AI MÊME PAS REGARDÉE !
VENEZ, MA CHÉRIE ; J'AI À VOUS PARLER ! LIZZY.
MON ENFANT, J'AI UN MOT À VOUS DIRE.
VOUS NOUS QUITTEZ LIZZY ?
SEULEMENT UN INSTANT, NOTRE PÈRE M'APPELLE.
NOUS FERIONS MIEUX DE LES LAISSER SEULS !
KITTY ET MOI ALLONS NOUS INSTALLER DANS MA CHAMBRE.
MAIS, ET MR BINGLEY ?
IL NE RESTERA PAS LONGTEMPS, PARCE QU'IL A UN RENDEZ-VOUS TÔT DEMAIN MATIN.
IL VIENT TIRER AVEC MOI LES PREMIERS ZOMBIES DE L'AUTOMNE.

LE MATIN.
MAIS JE NE COMPRENDS PAS... POURQUOI LES APPÂTER AVEC DES CHOUX-FLEURS ?
LES INNOMMABLES NE SONT PAS INTELLIGENTS. VOUS POUVEZ LES ENVISAGER COMME DES LÉGUMES.
WÜRRGGHH!!!!
PARCE QUE POUR UN ZOMBIE ÇA RESSEMBLE REMARQUABLEMENT À UN BON, SUCCULENT CERVEAU JUTEUX.
BRRUUGGHHNNN
CLACK
GRRUHH??

EXCELLENT ARRÊT, MONSIEUR ET MAINTENANT NOUS...
PAS SI VITE MR BINGLEY ! UN TIR DE MOUSQUET POURRAIT ATTIRER TOUTE UNE HORDE SUR NOUS !
ET PAR AILLEURS, LE BON DIEU NOUS A DONNÉ BIEN D'AUTRES RESSOURCES POUR NOUS DÉBARRASSER DES INNOMMABLES EN SILENCE !
POUR L'ANGLETERRE !
CRACK
SHLURP
CRUNCH
QUAND LE TROUPEAU S'ÉPARPILLE, NOUS POUVONS UTILISER D'AUTRES MÉTHODES : TIRER, LES ENFLAMMER.
JE VOIS, MONSIEUR... ET MAINTENANT ?
NOUS EN ATTENDONS D'AUTRES, MR BINGLEY. NOUS FAISONS NOTRE DEVOIR.
ET PEUT-ÊTRE QUE VOUS VOUS JOINDREZ À NOUS UNE FOIS ENCORE POUR DÎNER ?

CE SOIR-LÀ
JE SUIS CERTAINEMENT LA CRÉATURE LA PLUS HEUREUSE DU MONDE, LIZZY ! C'EST TROP !
BEAUCOUP TROP ! JE NE LE MÉRITE PAS ! POURQUOI TOUT LE MONDE N'EST-IL PAS AUSSI HEUREUX QUE MOI ?
DOIS-JE EN CONCLURE QUE LES FÉLICITATIONS SONT DE MISE, JANE ?
IL FAUT QUE J'AILLE TOUT DE SUITE TROUVER MA MÈRE ! JE NE VOUDRAIS SOUS AUCUN PRÉTEXTE PERMETTRE QU'ELLE APPRÎT LA NOUVELLE DE QUELQU'UN D'AUTRE !
IL EST DÉJÀ ALLÉ TROUVER MON PÈRE !
Ô LIZZY, QUEL PLAISIR DE SONGER QUE CETTE NOUVELLE VA CAUSER TANT DE JOIE AUX MIENS ! COMMENT SUPPORTERAI-JE TANT DE BONHEUR !
VICTOIRE ! APRÈS TOUTE L'ANXIEUSE CIRCONSPECTION DE DARCY, TOUTE LA FAUSSETÉ ET LA MANIGANCE DE MISS BINGLEY,
L'AFFAIRE A PRIS LA TOURNURE LA PLUS HEUREUSE, LA PLUS SAGE, LA PLUS RAISONNABLE.

NOUS ESPÉRONS DE NOMBREUX NOUVEAUX SOUPERS AVEC VOUS, MR BINGLEY.
ET MOI AVEC VOTRE FAMILLE, MRS BENNET ! BONNE SOIRÉE À VOUS TOUS !
J'ESPÈRE BIEN QUE MON TOUR VIENDRA VITE !
JANE, JE VOUS FÉLICITE. VOUS SEREZ UNE FEMME HEUREUSE.
J'AI GRAND PLAISIR À PENSER QUE VOUS ALLEZ ÊTRE SI HEUREUSEMENT ÉTABLIE. JE NE DOUTE PAS QUE VOUS NE VIVIEZ TOUS DEUX DANS UN PARFAIT ACCORD.
OH, MA CHÈRE CHÈRE JANE, JE SUIS SI HEUREUSE ! J'ÉTAIS SÛRE QUE VOUS NE POUVIEZ PAS ÊTRE SI BELLE POUR RIEN !
JE ME SOUVIENS QUE DÈS QUE JE L'AI VU, QUAND IL EST VENU POUR LA PREMIÈRE FOIS EN HERTFORDSHIRE L'AN DERNIER...
... J'AI SENTI COMBIEN VOUS DEVRIEZ ÊTRE ENSEMBLE !
OH IL EST LE PLUS BEAU JEUNE HOMME QU'IL M'AIT ÉTÉ DONNÉ DE VOIR !
QUAND VOUS SEREZ LA MAÎTRESSE DE NETHERFIELD, EST-CE QUE JE POURRAIS UTILISER LA BIBLIOTHÈQUE ?
OUI, ET NOUS DONNERONS DES BALS CHAQUE HIVER !

DEUX SEMAINES PLUS TARD.
HAI !
SWISH
THUMP
LE NOMBRE DE ZOMBIES EN HERTFORDSHIRE CROÎT DE PLUS EN PLUS ! LES TROUPEAUX DEVIENNENT MAINTENANT DES MEUTES.
ILS ONT ÉTÉ CHASSÉS DU SUD PAR UNE TERRE RAFFERMIE ET LES MOUSQUETS DE SA MAJESTÉ.
BLAM
AÏEEE!!!!
BLAM
SHUNK
IL M'A RENDU SI HEUREUSE EN M'APPRENANT QU'IL AVAIT TOUJOURS IGNORÉ MON SÉJOUR À LONDRES AU PRINTEMPS DERNIER ! JE NE LE CROYAIS PAS POSSIBLE !
CE DEVAIT ÊTRE LA FAUTE DE SES SŒURS !
COMMENT ?

BLAM
SHUNK
REPOSEZ EN PAIX.
JE VOUS EN PRIE, CONTINUEZ, CHÈRE SŒUR. VOUS PARLIEZ DE MR BINGLEY ?
HAI !
CHUNK
CRUNCH
JE DISAIS DONC : IL M'A RENDU SI HEU-REUSE EN M'APPRENANT QU'IL AVAIT TOUJOURS IGNORÉ MON SÉJOUR À LONDRES AU PRINTEMPS DERNIER !

JE NE LE CROYAIS PAS POSSIBLE !
CE DEVAIT ÊTRE LA FAUTE DE SES SŒURS !
SHLUP
COMMENT ?
ASSURÉMENT ELLES NE TENAIENT PAS À ENCOURAGER LES RELATIONS ENTRE LEUR FRÈRE ET MOI, CE QUI N'A RIEN D'ÉTONNANT...
... PUISQU'IL AURAIT PU FAIRE UN MARIAGE TELLEMENT PLUS AVANTAGEUX SOUS BIEN DES RAPPORTS...
SHUNK
MAIS QUAND ELLES VERRONT QUE LEUR FRÈRE EST HEUREUX AVEC MOI, ELLES EN PRENDRONT LEUR PARTI, ET NOUS SERONT EN BONS TERMES À NOUVEAU...
CRUNCH
BIEN QUE NOUS NE PUISSIONS PLUS JAMAIS ÊTRE CE QUE NOUS AVONS ÉTÉ AUTREFOIS LES UNES POUR LES AUTRES !
VOICI LE DISCOURS LE MOINS CHARITABLE QUE JE VOUS AI JAMAIS ENTENDU TENIR, ET JE VOUS EN FÉLICITE !
JE SERAI CONTRARIÉE, EN FAIT, SI JE VOUS VOYAIS À NOUVEAU ABUSÉE PAR LE PRÉTENDU RESPECT DE MISS BINGLEY.

JE SUIS CERTAINEMENT LA CRÉATURE LA PLUS HEUREUSE DU MONDE !
SI JE POUVAIS SEULEMENT VOUS VOIR AUSSI HEUREUSE ! SI SEULEMENT IL Y AVAIT UN HOMME COMPARABLE POUR VOUS !
BLAM
CHO !
SWISH
LAISSEZ-MOI TROUVER UNE CONSOLATION DANS LA DÉCAPITATION DE CES AFFREUX.
ET PEUT-ÊTRE, AVEC UN PEU DE CHANCE, TROUVERAI-JE UN JOUR UN SECOND MR COLLINS.
MA SŒUR, VOUS DEVEZ RETOURNER À LONGBOURN IMMÉDIATEMENT !
QUEL EST LE PROBLÈME, MARY ?
LADY CATHERINE DE BOURG EST ICI ET AIMERAIT S'ENTRETENIR AVEC VOUS !

J'ESPÈRE QUE VOUS ALLEZ BIEN, MISS BENNET. CETTE LADY, JE SUPPOSE, EST VOTRE MÈRE. ET ELLE, JE SUPPOSE, UNE DE VOS SŒURS.
VOTRE PARC N'EST PAS BIEN GRAND.
CE N'EST RIEN EN COMPARAISON DE ROSINGS, ASSURÉMENT, MILADY.
MISS BENNET, IL M'A SEMBLÉ QU'IL Y AVAIT UN ASSEZ JOLI DOJO, DE L'AUTRE CÔTÉ DE VOTRE PELOUSE.
J'Y FERAIS VOLONTIERS UN TOUR, SI VOUS ME FAITES LA FAVEUR DE M'ACCOMPAGNER.
VOUS NE DEVEZ POINT ÊTRE SURPRISE, MISS BENNET, DE ME VOIR ICI.
VOTRE CŒUR, VOTRE CONSCIENCE VOUS ONT DÉJÀ DIT LA RAISON DE MA VISITE.
EN VÉRITÉ, MADAME, VOUS VOUS TROMPEZ ; IL M'EST ABSOLUMENT IMPOSSIBLE DE DEVINER CE QUI NOUS VAUT L'HONNEUR DE VOUS VOIR ICI.
VOUS DEVEZ SAVOIR QU'ON NE SE MOQUE PAS DE MOI ! UNE NOUVELLE INQUIÉTANTE M'EST PARVENUE IL Y A DEUX JOURS.
ON M'A DIT QUE VOUS, MISS ELIZABETH BENNET, VOUS ALLIEZ TRÈS PROBABLEMENT DEVENIR LA FEMME DE MON NEVEU, DE MON PROPRE NEVEU, MR DARCY.
J'INSISTE POUR AVOIR UNE RÉPONSE. MON NEVEU VOUS A-T-IL DEMANDÉE EN MARIAGE ?
JE NE PRÉTENDS PAS À LA MÊME FRANCHISE QUE VOTRE GRÂCE. IL PEUT LUI ARRIVER DE POSER DES QUESTIONS AUXQUELLES JE N'AIE POINT ENVIE DE RÉPONDRE.
MISS BENNET, SAVEZ-VOUS QUI JE SUIS ? N'AVEZ-VOUS PAS ENTENDU CHANTER MES VICTOIRES SUR LES LÉGIONS D'ESCLAVES DE SATAN ?
N'AVEZ-VOUS JAMAIS LU QUE MES EXPLOITS RESTENT INÉGALÉS ?

DE SI GRANDS TALENTS ! UNE SI GRANDE TUEUSE DE ZOMBIES !
ET POURTANT, QUAND L'UN D'ENTRE EUX ÉTAIT DANS VOTRE MAISON, VOUS NE VOUS EN RENDIEZ PAS MÊME COMPTE !
ÊTES-VOUS SI STUPIDE QUE VOUS SUPPOSIEZ QUE JE NE SAVAIS PAS CE QUE DEVENAIT CHARLOTTE ?
POURQUOI PENSEZ-VOUS QU'ELLE A CHANGÉ SI LENTEMENT ? POURQUOI L'AI-JE INVITÉE À PRENDRE LE THÉ AUSSI SOUVENT ? POUR LE PLAISIR DE SA COMPAGNIE ?
NON ! C'ÉTAIT MON SÉRUM QUI LA TENAIT EN VIE CES QUELQUES MOIS DE BONHEUR, JUSTE QUELQUES GOUTTES DE TEMPS EN TEMPS, QUE JE VERSAIS SUBREPTICE-MENT DANS SA TASSE !
UNE TELLE EXPÉRIENCE PEUT DIFFICILEMENT ÊTRE QUALIFIÉE DE GÉNÉREUSE ! VOUS N'AVEZ FAIT RIEN D'AUTRE QUE PROLONGER SES SOUFFRANCES.
LAISSEZ-MOI ME FAIRE COMPRENDRE. MR DARCY EST PROMIS À MA FILLE. DEPUIS LEUR ENFANCE, ILS SONT DESTINÉS L'UN À L'AUTRE.
NOUS PROJETIONS CETTE UNION ALORS QU'ILS ÉTAIENT ENCORE AU BERCEAU. IL N'Y SERA PAS MIS OBSTACLE PAR UNE JEUNE FILLE DE NAISSANCE INFÉRIEURE, INSIGNIFIANTE DANS LE MONDE, ET VULGAIRE-MENT ENTRAÎNÉE EN CHINE !
NON MISS BENNET, JE DÉBARRASSERAI LE MONDE D'UNE INSOLENTE PETITE FILLE, ET JE PRÉSERVERAI LA DIGNITÉ D'UN HOMME SUPÉRIEUR...
... AFIN D'ÉVITER QUE PEMBERLEY NE SOIT POLLUÉ À JAMAIS PAR VOTRE ODEUR.
ÊTES-VOUS EN TRAIN DE ME PROPOSER UN DUEL, VOTRE GRÂCE ? ICI, DANS LE DOJO DE MA FAMILLE ?
SI TEL EST LE CAS, QUE CE SOIT NOTRE PREMIER COMME NOTRE DERNIER COMBAT !

HAI !
CRACK
WHAMM
VOUS N'AVEZ AUCUN ÉGARD POUR L'HONNEUR ET LE CRÉDIT DE MON NEVEU ! INSENSIBLE ! EGOÏSTE FILLE !
VOUS NE CONSIDÉREZ PAS QUE VOUS ÊTRE LIÉE EST UNE DISGRÂCE AUX YEUX DE TOUS ?
EH BIEN ? AVEZ-VOUS QUELQUE CHOSE À DIRE AVANT QUE JE NE VOUS REMETTE AUX MAINS DE SATAN ?
JUSTE... UNE CHOSE VOTRE GRÂCE...
ARRGHH !!!!
SHUNK

BAM
CRASH
KRAK
QU'AI-JE FAIT ?
COMMENT DARCY POURRA-T-IL ME PARDONNER D'AVOIR TUÉ SA TANTE BIEN-AIMÉE ?
IL VOUS FAUDRAIT DES TALENTS BIEN SUPÉRIEURS AUX VÔTRES POUR FAIRE COULER NE SERAIT-CE QU'UNE GOUTTE DE SUEUR DE MA PEAU.
SWISH
AIEEE !!!
SHUNK

INCAPABLE PETITE IDIOTE ! TANT QUE CE VIEUX CORPS SERA ENCORE EN VIE, VOUS NE GOÛTEREZ JAMAIS À NOUVEAU LA COMPAGNIE DE MON NEVEU !
AINSI DONC, MES CHERS NINJAS, QUAND JE LUI AURAI COUPÉ LA TÊTE, VOUS FEREZ DU CORPS CE QUE VOUS VOUDREZ.
REMARQUABLE. UN KATANA DIGNE DE CEUX QUE J'AI VUS À KYOTO. QUEL DOMMAGE QU'IL AIT PASSÉ TANT D'ANNÉES AU SEIN D'UNE FAMILLE SI MISÉRABLE.
HA !
QUELLE PARTIE DE PLAISIR ! JE DOIS RECONNAÎTRE QUE SI JE VOUS AVAIS VAINCUE AVEC SI PEU D'EFFORTS, J'AURAIS ÉTÉ PLUTÔT DÉÇUE !
QUELLE LÂCHETÉ ! VOUS AVEZ DONC TROP PEUR POUR ME FAIRE FACE ?
VOTRE MAÎTRE NE VOUS A DONC RIEN ENSEIGNÉ DE MIEUX QUE LA FUITE ?
MON MAÎTRE M'A APPRIS QUE LE PLUS COURT CHEMIN POUR PERDRE ÉTAIT DE SOUS-ESTIMER SON ADVERSAIRE.

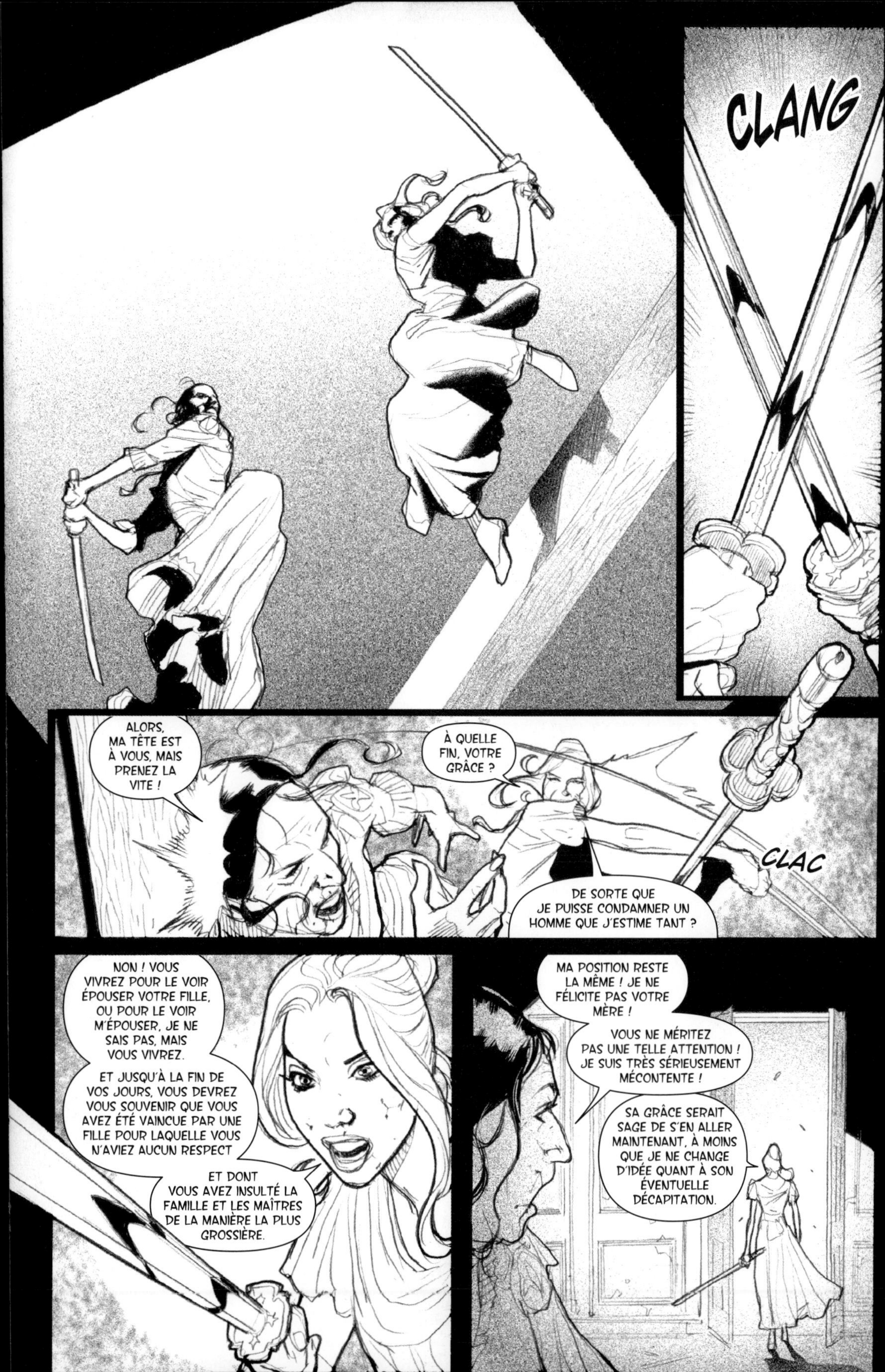
CLANG
ALORS, MA TÊTE EST À VOUS, MAIS PRENEZ LA VITE !
À QUELLE FIN, VOTRE GRÂCE ?
CLAC
DE SORTE QUE JE PUISSE CONDAMNER UN HOMME QUE J'ESTIME TANT ?
NON ! VOUS VIVREZ POUR LE VOIR ÉPOUSER VOTRE FILLE, OU POUR LE VOIR M'ÉPOUSER, JE NE SAIS PAS, MAIS VOUS VIVREZ.
ET JUSQU'À LA FIN DE VOS JOURS, VOUS DEVREZ VOUS SOUVENIR QUE VOUS AVEZ ÉTÉ VAINCUE PAR UNE FILLE POUR LAQUELLE VOUS N'AVIEZ AUCUN RESPECT
ET DONT VOUS AVEZ INSULTÉ LA FAMILLE ET LES MAÎTRES DE LA MANIÈRE LA PLUS GROSSIÈRE.
MA POSITION RESTE LA MÊME ! JE NE FÉLICITE PAS VOTRE MÈRE !
VOUS NE MÉRITEZ PAS UNE TELLE ATTENTION ! JE SUIS TRÈS SÉRIEUSEMENT MÉCONTENTE !
SA GRÂCE SERAIT SAGE DE S'EN ALLER MAINTENANT, À MOINS QUE JE NE CHANGE D'IDÉE QUANT À SON ÉVENTUELLE DÉCAPITATION.

UNE SEMAINE PLUS TARD.
MR DARCY ! QUELLE SURPRISE !
EN FAIT, JE SUIS ENCHANTÉE DE VOTRE VENUE. JE SUIS UNE CRÉATURE TRÈS ÉGOÏSTE, ET POUR ME SOULAGER D'UN POIDS, JE VAIS DONNER LIBRE COURS À MES SENTIMENTS, AU RISQUE DE HEURTER LES VÔTRES.
JE NE PUIS RESTER PLUS LONGTEMPS SANS VOUS REMERCIER AU NOM DE MA FAMILLE POUR LA BONTÉ EXEMPLAIRE DONT VOUS AVEZ FAIT PREUVE POUR MA PAUVRE SŒUR.
DÈS QUE J'AI SU, J'AI ÉTÉ TRÈS IMPATIENTE DE VOUS FAIRE SAVOIR COMBIEN J'ÉTAIS RECONNAISSANTE.
LAISSEZ-MOI VOUS FAIRE MA RÉVÉRENCE ET M'ADMINISTRER LES SEPT COUPURES, DE SORTE QUE VOUS PUISSIEZ PIÉTINER MON SANG.
VOTRE FAMILLE NE ME DOIT RIEN. AVEC TOUT LE RESPECT QUE J'AI POUR ELLE, JE CROIS N'AVOIR PENSÉ QU'À VOUS.
VOUS ÊTES TROP GÉNÉREUSE POUR VOUS JOUER DE MES SENTIMENTS. SI LES VÔTRES SONT LES MÊMES QU'AU PRINTEMPS DERNIER, DITES-LE-MOI TOUT DE SUITE.
LES MIENS N'ONT PAS CHANGÉ, PAS PLUS QUE LE DÉSIR QUE J'EXPRIMAIS ALORS. MAIS UN MOT DE VOUS SUFFIRA POUR M'IMPOSER SILENCE À JAMAIS.
OH NON MR DARCY, MES SENTIMENTS ONT SUBI UN CHANGEMENT SI PROFOND DEPUIS LA PÉRIODE DONT VOUS PARLEZ
QUE JE PEUX MAINTENANT ACCUEILLIR AVEC PLAISIR ET RECONNAISSANCE VOTRE NOUVEL AVEU.
C'EST LA...
... C'EST LA PLUS BELLE DES NOUVELLES.

MA TANTE EST VENUE ME TROUVER, POUR ME CONTER SON DUEL, ET ME DIRE COMBIEN VOUS ÉTIEZ FAIBLE DE N'AVOIR PAS SU LA DÉCAPITER.
ELLE M'A DONNÉ PAR LÀ, DES RAISONS D'ESPÉRER QUE JE N'AVAIS PAS ENCORE.
JE CONNAISSAIS ASSEZ VOTRE CARACTÈRE POUR ÊTRE SÛR QUE SI VOUS AVIEZ ÉTÉ DÉCIDÉE À ME REFUSER D'UNE FAÇON ABSOLUE ET IRRÉVOCABLE,
VOUS AURIEZ DÉCAPITÉ LADY CATHERINE SANS UN MOMENT D'HÉSITATION. QUANT À LA LETTRE QUE JE VOUS AI ÉCRITE...
NE PENSEZ PLUS À CETTE LETTRE, LES SENTIMENTS DE CELUI QUI L'A ÉCRITE, COMME DE CELLE QUI L'A REÇUE
ONT SI PROFONDÉMENT CHANGÉ DEPUIS...
DES INNOMMABLES ! SI PRÈS DE LA ROUTE !
ILS NE NOUS ONT PAS VUS, NOUS POURRIONS CONTINUER À MARCHER...
À MOINS, BIEN SÛR, QUE NOUS PROFITIONS DE CETTE PREMIÈRE OCCASION POUR NOUS BATTRE CÔTE À CÔTE.

VOUS PLAISANTEZ, LIZZY ! C'EST IMPOSSIBLE !
MARIÉE À MR DARCY ? NON ! NON ! IL NE FAUT PAS ME MENTIR. JE SAIS QUE C'EST IMPOSSIBLE.
JE SAIS COMBIEN IL VOUS DÉPLAÎT.
VOUS N'EN SAVEZ RIEN DU TOUT. IL FAUT OUBLIER CELA. PEUT-ÊTRE FUT-IL UN TEMPS OÙ JE NE L'AIMAIS PAS COMME AUJOURD'HUI.
MAIS IL N'Y A PLUS AUCUN DOUTE À CET ÉGARD. NOUS AVONS DÉJÀ DÉCIDÉ QUE NOUS SERIONS LE COUPLE LE PLUS HEUREUX DU MONDE.
OH ! LIZZY ! TOUT PLUTÔT QU'UN MARIAGE SANS AMOUR !... ÊTES-VOUS BIEN SÛRE DE VOS SENTIMENTS ?
JE DOIS RECONNAÎTRE QUE JE L'AIME PLUS QUE NOS PARTIES DE "EMBRASSE-MOI MA BICHE".
TOUT CELA EST VENU SI GRADUEL-LEMENT QU'IL ME SERAIT DIFFICILE DE SAVOIR QUAND CELA A COMMENCÉ.
MAIS JE CROIS QUE ÇA REMONTE À LA PREMIÈRE FOIS QUE MON REGARD S'EST ARRÊTÉ SUR LA MANIÈRE DONT SON PANTALON SERRAIT SES PARTIES LES PLUS FIÈRES !
SEIGNEUR ! NE VOILÀ-T-IL PAS CE FÂCHEUX MR DARCY QUI ARRIVE ENCORE AVEC NOTRE CHER BINGLEY !
QUELLE RAISON PEUT-IL AVOIR POUR NOUS FATIGUER DE SES VISITES ?
MAMAN, PAPA, IL FAUT QUE JE VOUS PARLE DE MR DARCY.
JE DOIS VOUS DIRE LA VÉRITÉ SUR CET HOMME
ET VOUS DIRE CE QU'IL A SECRÈTEMENT FAIT POUR NOTRE FAMILLE.

CE SOIR-LÀ.
GLOIRE À MOI ! MR DARCY ! QUI AURAIT PU L'IMAGINER ! EST-CE BIEN VRAI ?
Ô MA PETITE LIZZY COMME VOUS ALLEZ ÊTRE RICHE ET CONSIDÉRÉE !
QU'ÊTES-VOUS EN TRAIN DE FAIRE ? AVEZ-VOUS PERDU LE SENS, D'ACCEPTER CET HOMME ? NE L'AVEZ-VOUS PAS TOUJOURS DÉTESTÉ ?
JE L'AIME. IL N'Y A PAS EN FAIT CHEZ LUI D'EXCÈS D'ORGUEIL. IL EST PARFAITEMENT DIGNE D'AFFECTION.
SI VOUS NE LE CONNAISSEZ PAS VRAIMENT, S'IL VOUS PLAÎT, NE M'AFFLIGEZ PAS EN ME PARLANT DE LUI EN DE TELS TERMES.
JE LUI AI DONNÉ MON CONSENTEMENT. JE NE POURRAIS PAS TE LE REFUSER, MA LIZZY, TOI QUI M'EST SI CHÈRE.
IL EST SI CHARMANT ! SI BEAU ! SI GRAND !
Ô MA CHÈRE LIZZY, EXCUSEZ-MOI DE L'AVOIR TENU EN SI FAIBLE ESTIME. J'ESPÈRE QU'IL NE M'EN TIENDRA PAS RIGUEUR.
MON ESTIME POUR MR DARCY AUGMENTE D'HEURE EN HEURE. J'ADMIRE GRANDEMENT MES TROIS GENDRES ...
... MÊME SI WICKHAM EST SANS DOUTE MON PRÉFÉRÉ POUR ÊTRE CELUI QUI GIGOTE LE MOINS.

QUAND ÊTES-VOUS TOMBÉ AMOUREUX DE MOI ? JE PEUX COMPRENDRE COMMENT, UNE FOIS LANCÉ, VOUS AVEZ CONTINUÉ.
MAIS C'EST LE POINT DE DÉPART QUI M'INTRIGUE.
JE NE PUIS VOUS FIXER NI LE JOUR, NI LE LIEU, PAS PLUS QUE VOUS DIRE LE REGARD OU LES PAROLES QUI ONT TOUT DÉTERMINÉ.
IL Y A VRAIMENT TROP LONGTEMPS. J'ÉTAIS DÉJÀ LOIN SUR LA ROUTE AVANT DE M'APERCEVOIR QUE JE M'ÉTAIS MIS EN MARCHE.
DITES-MOI, POURQUOI ÊTES-VOUS REVENU À NETHERFIELD ?
ÉTAIT-CE DANS L'IDÉE DE VENIR À LONGBOURN ET D'Y ÊTRE EMBARRASSÉ ? OU VOUS EXPOSIEZ-VOUS À QUELQUE CHOSE DE PLUS CONSÉQUENT ?
MON BUT ÉTAIT DE VOUS VOIR ET DE JUGER, SI JE LE POUVAIS, SI J'AURAIS JAMAIS LA CHANCE DE VOUS PLAIRE.
MON BUT OFFICIEL, OU CELUI QUE JE M'AVOUAIS À MOI-MÊME, ÉTAIT DE VOIR SI JANE ÉTAIT TOUJOURS ATTIRÉE PAR BINGLEY, ET SI ELLE L'ÉTAIT, DE FAIRE À BINGLEY LA CONFESSION QUE JE LUI AI FAITE ENSUITE.
ET VOTRE TANTE ?
JE NE MANQUE PAS DE COURAGE MAIS J'AI BESOIN DE TEMPS, ET SI VOUS VOULEZ BIEN ME DONNER UNE FEUILLE DE PAPIER, JE LUI ÉCRIS IMMÉDIATEMENT.
MA SŒUR M'A ÉCRIT. C'EST À PEINE SI QUATRE PAGES SUFFISENT À EXPRIMER SON RAVISSEMENT
ET TOUT LE DÉSIR QU'ELLE A DE VOUS PLAIRE ET QUE VOUS L'ENTRAÎNIEZ.

HEUREUX ENTRE TOUS, POUR LES SENTIMENTS MATERNELS DE MRS BENNET, FUT LE JOUR OÙ ELLE SE SÉPARA DE SES DEUX PLUS CHARMANTES FILLES.
AVEC QUELLE SATISFACTION ORGUEILLEUSE ELLE PUT PAR LA SUITE VISITER MRS BINGLEY ET PARLER DE LA NOUVELLE MRS DARCY S'IMAGINE AISÉMENT.
COMME MR BENNET L'AVAIT PRÉDIT, HERTFORSHIRE AVAIT BEAUCOUP DE MAL À S'ACCOUTUMER DE L'ABSENCE DE SES DEUX PLUS FÉROCES PROTECTRICES, AVEC SEULEMENT DEUX DES PLUS JEUNES SŒURS BENNET POUR REPOUSSER LES ZOMBIES, QUI AFFLUAIENT EN NOMBRE GRANDISSANT, JUSQU'À CE QUE LE COLONEL FORSTER REVIENNE AVEC LA MILICE ET REMETTE EN SERVICE LES CRÉMATORIUMS UNE FOIS DE PLUS.
UNE FOIS MARIÉE, JANE SUPPORTAIT MAL LE VOISINAGE TROP PROCHE DE LONGBOURN. SON ÉPÉE LA DÉMANGEAIT À CHAQUE ATTAQUE D'INNOMMABLES. ALORS MR BINGLEY ACHETA UNE PROPRIÉTÉ TOUTE PROCHE DU DERBYSHIRE, ET JANE ET ELIZABETH, SE TROUVÈRENT SEULEMENT À TRENTE MILLES L'UNE DE L'AUTRE.
LES DEUX SŒURS S'ENTRAÎNAIENT SOUVENT ET JOYEUSEMENT.
KITTY, SOUSTRAITE À L'INFLUENCE DE LYDIA, DEVINT MOINS OMBRAGEUSE, MOINS IGNORANTE ET PLUS PIQUANTE.
QUAND ELLE ANNONÇA QU'ELLE VOULAIT RETOURNER À SHAOLIN POUR DEUX OU TROIS ANS, DANS L'ESPOIR DE DEVENIR UNE AUSSI BONNE GUERRIÈRE QU'ELIZABETH, MR DARCY FUT TELLEMENT HEUREUX QU'IL FINANÇA TOUT LE PROJET.
MARY FUT DONC LA SEULE QUI DEMEURA AU FOYER, D'ABORD POUR QU'UN GUERRIER AU MOINS PROTÈGE LE HERTFORDSHIRE, ET ENSUITE PARCE QUE SA MÈRE ÉTAIT INCAPABLE DE RESTER EN TÊTE-À-TÊTE AVEC ELLE-MÊME. MARY SE MÊLA UN PEU PLUS AU MONDE, ET AYANT À L'OCCASION DES RELATIONS PLUTÔT INTIMES, DES AMITIÉS OCCASIONNELLES AVEC QUELQUES SOLDATS DE LA MILICE.

LES MARIAGES DE JANE ET D'ELIZABETH N'AMENÈRENT AUCUN CHANGEMENT CHEZ LES WICKHAM. EN DÉPIT DU BON SENS, ILS GARDAIENT L'ESPOIR QUE DARCY POURRAIT ÊTRE AMENÉ À AIDER LE PRÊTRE DANS SA CARRIÈRE.
N'IMPORTE QUEL PRESBYTÈRE FERAIT L'AFFAIRE POUR EUX, AVEC UNE RENTE DE 300 OU 400 LIVRES PAR AN.
QUOIQUE DARCY NE PÛT CONSENTIR À RECEVOIR WICKHAM À PEMBERLEY, IL S'OCCUPA DE SON AVANCEMENT. LYDIA VENAIT PARFOIS LES VOIR. MAIS, CHEZ LES BINGLEY, TOUS DEUX FIRENT DE SI FRÉQUENTS ET SI LONGS SÉJOURS QUE BINGLEY LUI-MÊME FINIT PAR SE LASSER ET ALLA MÊME JUSQU'À ENVISAGER LA POSSIBILITÉ DE LEUR SUGGÉRER QU'ILS FERAIENT BIEN DE S'EN ALLER.
SOUS L'INSTRUCTION D'ELIZABETH, MISS DARCY DEVINT UNE MEILLEURE GUERRIÈRE QU'ELLE N'AVAIT JAMAIS OSÉ L'ESPÉRER. AU-DELÀ DE SES PROGRÈS AU MOUSQUET ET À L'ÉPÉE, ELLE COMPRIT AUSSI QU'UNE FEMME PEUT PRENDRE AVEC SON MARI DES LIBERTÉS QU'UN FRÈRE NE PERMETTRAIT PAS TOUJOURS À UNE SŒUR DE DIX ANS PLUS JEUNE QUE LUI.
LADY CATHERINE FUT INDIGNÉE DU MARIAGE DE SON NEVEU, ET SA RÉPONSE À LA LETTRE QUI LE LUI ANNONÇAIT NE VINT PAS SOUS LA FORME ÉCRITE MAIS SOUS LA FORME D'UNE ATTAQUE DE QUINZE DE SES NINJAS SUR PEMBERLEY.
MAIS SON RESSENTIMENT FINIT PAR CÉDER.
COMME TANT D'AUTRES AVANT LUI, LE SÉRUM DE SA GRÂCE S'EST RÉVÉLÉ INSUFFISANT. IL RALENTISSAIT LES EFFETS DE L'ÉTRANGE FLÉAU, MAIS IL ÉTAIT INCAPABLE DE LE STOPPER. L'ANGLETERRE RESTAIT SOUS L'OMBRE DE SATAN. LES MORTS ONT CONTINUÉ À CREUSER LEUR CHEMIN VERS LES CRYPTES ET LES CERCUEILS, EN SE RÉGALANT DE CERVEAUX ANGLAIS.

LES VICTOIRES ONT ÉTÉ CÉLÉBRÉES, LES DÉFAITES PLAINTES, ET LES SŒURS BENNET...
... DÉVOUÉES À SA MAJESTÉ, PROTECTRICES DU HERTFORDSHIRE, DÉPOSITAIRES DES SECRETS DE SHAOLIN, PROMISES DE LA MORT...
... ÉTAIENT MAINTENANT, POUR TROIS D'ENTRE ELLES, MARIÉES À DES HOMMES, ET LEURS ÉPÉES ASSAGIES PAR CETTE SEULE FORCE PLUS PUISSANTE QUE N'IMPORTE QUEL GUERRIER.
The End.

Published in the United States by Del Rey,
an imprint of Random House Publishing Group,
a division of Random House, Inc. New York.

Adapté du roman *Pride Prejudice and Zombies*
de Seth Grahame-Smith, d'après l'œuvre de Jane Austen.
Published in 2009 by Quirk Books, Philadelphia.

En couverture, portraits de : **Maria B. Fox** (© Bridgeman Art Library),
Elizabeth Campbell (© Philip Mould Ltd, Londres / Bridgeman Art Library),
Femme en robe noire (© Bridgeman Art Library),
Jeune homme (© National Gallery of Scotland, Édimbourg / Bridgeman Art Library).

www.casterman.com

ISBN 978-2-203-03425-9

Achevé d'imprimer en Espagne en octobre 2010 par Edelvives.
Dépôt légal : janvier 2011 ; D. 2011/0053/504.